12
異世界迷宮でハーレムを
蘇我捨恥
Shachi Sogano
illustration
四季童子
足首に巻いた身代わりの
ミサンガを巻きなおす。
丁寧に。ゆっくりと。
足首をなでながら。

異世界迷宮でハーレムを 12
「三階層と四階層は私が覚えました」
ロクサーヌがやる気だ。
残りの階層は
セリーがメモしていく。

「これで大丈夫です。
ありがとうございました」

何らかの魚を見つけたミリアを、
魚屋の店主が褒めまくった。
「お客さん、目の付け所が違うね。
ツウだね。さすがだねぇ」
異世界迷宮でハーレムを 12

ベスタに抱きつく。
この大きさが頼もしい。
ボリューム感が満足度を増す。
存在感が素晴らしい。
異世界迷宮でハーレムを12

「ちょっと
おとなしく待ってろ」
これはたまらん。
ルティナの肌をなでさすりながら
手のひらを滑らせていき、チェーンをつかむ。
そして、綺麗《きれい》な桜色のその頂にクリップを取りつける。

異世界迷宮でハーレムを12
「あっ……」
いい声だ。

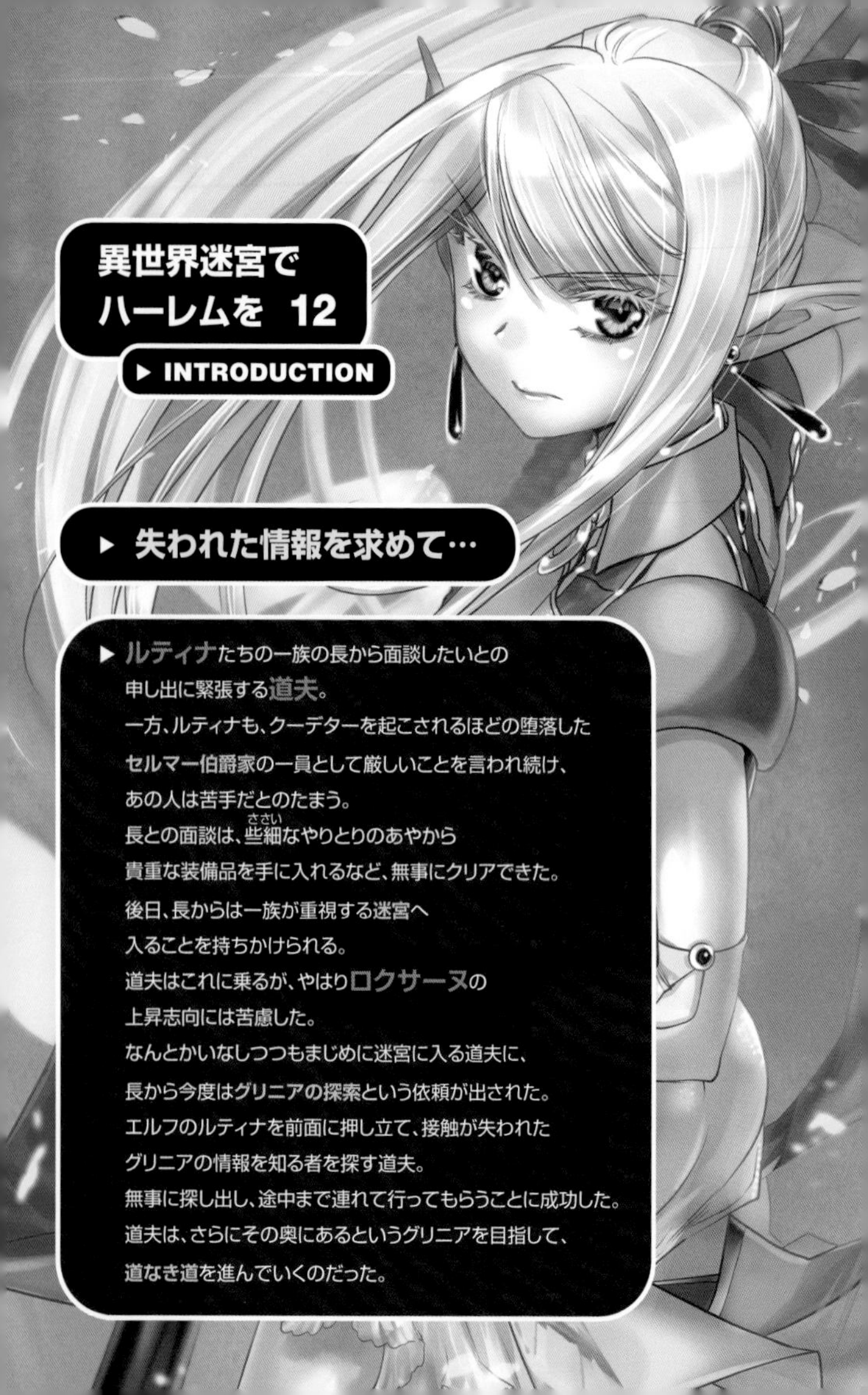

異世界迷宮でハーレムを 12

▶ INTRODUCTION

▶ 失われた情報を求めて…

▶ ルティナたちの一族の長から面談したいとの
申し出に緊張する道夫。
一方、ルティナも、クーデターを起こされるほどの堕落した
セルマー伯爵家の一員として厳しいことを言われ続け、
あの人は苦手だとのたまう。
長との面談は、些細《ささい》なやりとりのあやから
貴重な装備品を手に入れるなど、無事にクリアできた。
後日、長からは一族が重視する迷宮へ
入ることを持ちかけられる。
道夫はこれに乗るが、やはりロクサーヌの
上昇志向には苦慮した。
なんとかいなしつつもまじめに迷宮に入る道夫に、
長から今度はグリニアの探索という依頼が出された。
エルフのルティナを前面に押し立て、接触が失われた
グリニアの情報を知る者を探す道夫。
無事に探し出し、途中まで連れて行ってもらうことに成功した。
道夫は、さらにその奥にあるというグリニアを目指して、
道なき道を進んでいくのだった。

異世界迷宮でハーレムを

12

蘇我捨恥

ヒーロー文庫

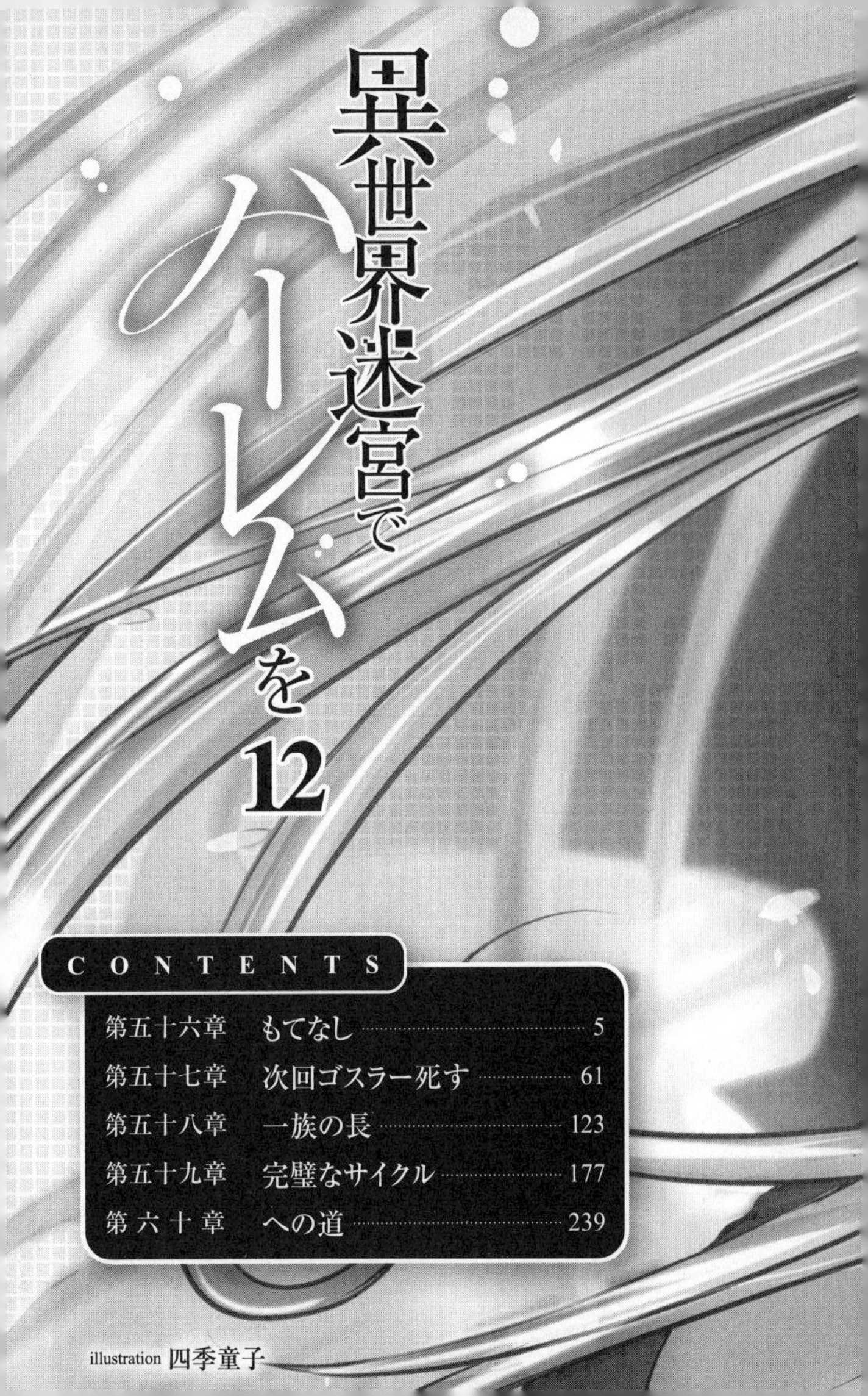

異世界迷宮でハーレムを 12

CONTENTS

illustration 四季童子

イラスト／四季童子
装丁・本文デザイン／5GAS DESIGN STUDIO
校正／鈴木 均（東京出版サービスセンター）
ＤＴＰ／松田修尚（主婦の友社）

この物語は、小説投稿サイト「小説家になろう」で
発表された同名作品に、書籍化にあたって
大幅に加筆修正を加えたフィクションです。
実在の人物・団体等とは関係ありません。

第五十六章　もてなし

加賀道夫

現時点のレベル&装備

冒険者	*Lv36*
英雄	*Lv48*
遊び人	*Lv44*
魔法使い	*Lv50*
僧侶	*Lv48*
神官	*Lv39*
装備	ひもろぎのロッド アルバ 硬革の帽子 竜革のグローブ 竜革の靴 身代わりのミサンガ

ようやく家に帰り着いた。

本当に、ようやく、という感じだ。

まあ何かあったわけではない。

いや、あるにはあったが。

別にそれほど危険な目にあったわけではないし、神経を過剰にすり減らしたわけでも、極度に疲れたわけでもない。

それでも、家にたどり着いてほっとしているのは事実だ。

帰ってきて本当によかったと思う。

「ようやく帰ってこれたな」

「……えっと。はい」

ロクサーヌにも賛同いただけた。

これで勝つる。

「それはいいのですが、状況を説明していただけますか」

と思ったのに、セリーが突っ込んできやがった。

冷静か。

くそー。こんなときでも沈着なセリーが恨めしい。

流されておけ。

流されておけよ。

それもまた困るかもしれないけど。

「そうだな。全員座れ」

「はい、です」

「大丈夫だと思います」

ミリアとベスタもイスに座った。

立っているのは一人だけだ。

「ええっと。座ってもよろしいのですか？」

「空いているそこの席に座れ」

「は、はい」

空いている席にルティナを座らせる。

もともと、うちにあるテーブルは六人掛けだ。パーティーメンバー用に。パーティーメンバーは六人までだから、それで六人掛けのを買ったんだよな。

それが全部埋まったことになる。

「ええっと。どう見てもお貴族様ですよね」

ルティナが座ると、セリーが口火を切った。

やはり冷静か。

「いや。貴族ではない。まあいろいろとしがらみがあってな。そこは察してやれ」

人に歴史あり。

人にはいろいろと事情というものがある。過去にあまり踏み込むべきではないだろう。

そのことは奴隷となったセリーたちが一番よく分かっているはずだ。

特にセリーは。

祖父の代は裕福だったらしいし。

ただしミリアは事情を知ってもらって反省しろ。

禁漁区で魚を獲って犯罪奴隷になったのだから。

「そうですか」

「いえ。知ってもらってかまいません。むしろ知ってもらったほうがよいでしょう」

ルティナが主張する。

踏み込んでもらってかまわないらしい。

このメンバーの中に入ってやっていくつもりがあると評価しておこう。

「まあルティナがそう言うなら」

「わたくしの家は、責務である迷宮討伐を怠って没落させられました。責めは迷宮討伐を怠ったわたくしたちにあります。没落とはいえ、貴族のことゆえ離散は思うにまかせず、爵位は遠戚の者が継ぐことになりました。そのためには、長女のわたくしは邪魔な存在。

家を捨て身分を捨て、こうしてミチオ様の下に来ることとなったのです」

「そうだったのですか」

セリーが納得している。

実際、ルティナがここにいる理由は語られたとおりだ。

どこの貴族が没落したかは、みんなもよく知っている。一緒に攻め込んだので。

一緒に攻め込んだ貴族の長女が、こうして俺についてきたわけだ。

貴族の令嬢が俺の奴隷になる。

話がうまますぎてそんなことがあるのかと思っていたが、セリーが納得しているところをみると、この世界ではまあなくはない話なんだろう。

厳しい世界だしな。

「ミチオ様ならきっと迷宮を討伐できると聞き及んでおります」

「はい。それは間違いないですね」

なぜそこでロクサーヌが答えるのか。

「怠惰はわたくしたちの家の罪。わたくしはその惰眠から覚め、不行き届きを改め、失態を挽回しなければなりません。わたくしはそのためにここにまいりました。皆様方と力を合わせ、迷宮で戦っていきたいと考えております。どうぞよろしくお願いします」

ゲゲッ。

そんな思いで俺のところへ来たのか。

結構考えていたらしい。

こっちは考えてなかったのに。

「はい。もちろんです。一緒にがんばりましょう」

ロクサーヌがうれしそうにうなずいた。

これでロクサーヌは落ちたな。

セリーは、そこまで俺がやる気ないことを知っているから同情的な視線で見ている。

いや。これはルティナが追われたことに対して同情的なのか。

「やる、です」

「大丈夫だと思います」

残った二人も陥落。

こいつらは考えなしだしな。

「そうか。そういうことで、仲良くしてくれるとうれしい」

よく分からないが、これで話をまとめよう。

それがいい。

つまり、俺たちの仲間にルティナが加わった。

まとめるとそういうことだな。

「はい。ご主人様の下でともに戦い、迷宮討伐を目指す仲間です。仲良くなれないはずがありません」

ロクサーヌのそのまとめは不穏だが。

しかし、今は仲良くしてもらうことが先決か。

それでいいだろう。

変えようとして、どう変えるのかというのも難しいし。

「う、うむ。ではよろしく頼むな」

「はい」

かくして、俺たちのパーティーにルティナが加入した。

俺のパーティーに入った。

それすなわちイコール俺のハーレムに入ったということだ。

ルティナは、楚々《そそ》として美しい。上品な貴族令嬢だ。

さっきの発言を聞く限り、内側には強い芯がありそうだが。

なにも迷宮討伐に邁進《まいしん》しなくても。

まあ、悪いことではない。

日本からこの世界に迷い込んだ俺は、ここでは根なし草だ。

収入を得るには迷宮に入って魔物と戦うことになる。

それを自ら率先してやってくれるというのだから、俺にとって悪いはずもない。

そのためのパーティーメンバー。

そのためのハーレムメンバーだ。

そのためだけ、とは言えないが。

「今日はもう遅い。風呂だけ入って寝るとしよう」

「これから入れるのですか？」

「問題ない。いろいろあったし、湯船につかってゆったりと疲れを取ろう」

「分かりました。そうですね」

風呂に入ることをロクサーヌも了承した。

ロクサーヌの了承はメンバー全員の了承。

例外は許されない。

つまりはそういうことだな。

と、いうわけで、俺はさっさと逃げ出して、風呂を入れに行く。

あとはロクサーヌがなんとかするだろう。

「ええっと。お風呂、ですか？」

ルティナの戸惑った声が聞こえたような気がしたが、気がしただけだ。なんでもない。

ないと言ったらない。

風呂場で、水魔法と火魔法で風呂を入れた。
魔道士のジョブを得たので風呂を入れるのも楽になったな。
サクサクとお湯をためていく。
「ご主人様、そろそろよろしいですか」
張り終わるころ、ロクサーヌが顔を出した。
ルティナの説得は終わったようだ。
「おお。もういいぞ」
「では」
おっと。
一糸まとわぬロクサーヌ様が登場だ。
続いて、セリー、ミリア、ベスタと入ってくる。
堂々の入場である。
エントリー・オブ・ザ・ゴッヅ・イントゥー・ヴァルハラ。
ヴァルハラ城への女神たちの入城。
ここはヴァルハラだったのか。
ベスタに続いては、ルティナも入ってくる。
タオル一枚を申し訳程度にまといながら。

おおっ。
素晴らしい。
輝かんばかりの若く白い肌。
上品で、清楚《せいそ》で、気品にあふれている。
恥ずかし気に身をよじっているのがたまらん。
タオル一枚ではいろいろ隠せていない。
隠そうとして隠し切れない色香が。魅力が。誘惑が。
美しい。
素晴らしい。
控えめに言って最高だ。
あわてて最後の魔法を放ち、外に飛び出た。
秒で服を脱ぎ捨て、すぐに風呂場へ入る。
いや。ヴァルハラ城へと。
ルパンダイブって、やればできるものだな。
「今のは魔法ですよね？」
舞い戻った俺を、ルティナが迎えた。
キラキラとした瞳で。

「お、おう」

キラキラするのはいいが、いろいろ見えそうだぞ。

うれしいが。

「魔道士の魔法が使えると聞きましたが、今のがそうなのでしょうか」

「そうだな」

「やはりそうですか。素晴らしいのですね。これなら確かに、迷宮討伐できそうです」

半裸の美しい令嬢にキラキラした目で言い寄られるのはうれしい。

うれしいが、その理由が微妙ではある。

「はい。もちろんです」

ロクサーヌよ、おまえが答えるな
そんなことよりも早く体を洗いたい。

石鹸《せっけん》でモミモミしたい。

なでさすり、愛で、いつくしみたい。

ロクサーヌから順番に攻めていく。

後ろが気になるからと手を抜くようなことはありえない。

ねっちり、ねっとり、たっぷりと洗い上げる。

肌のなめらかさを楽しみ、肉の弾力を楽しみ、滑り心地を楽しむ。

いつ行ってもいいものだ。

セリー、ミリア、ベスタも洗った。

セリーは小さくて包み込めるほどに愛らしく、ミリアはおとなしくかわいらしく、ベスタはあふれるほどに洗いでがある。

素晴らしい。

そして今日からはさらに一人。

「うむ。次はルティナ」

「は、はい」

恥ずかしそうに身をよじるところがたまらんではないか。

誘ってるんですか?

誘ってるんですね。

はい。いただきます。

いただきました。

別に食べてはいないが。

美しく輝く肌を前にして、深夜だからとなぜ自重することがあろうか。

俺を止める勇気のある者が誰かおるか。

誰もいない。

踊るなら今のうち。

「ルティナもおはよう」

「お、おはようございます」

踊った翌朝、元気はつらつと目覚めた。

外はもう明るくなっているし、いつもよりは遅い時間だろうが、別に問題はない。きっちりと睡眠も取れてばっちりだ。

ロクサーヌから始まって、セリー、ミリア、ベスタ、ルティナとの連続キスで順次頭を起動させる。

うむ。申し分ない。

ルティナのキスはぎこちないものだが、だがそれがいい。

思わず追撃しそうになったが、まだそこまではやめておくか。

舌先を軽くつついておくくらいでやめる。

腹八分目くらいが今日のやる気になる。

夜の楽しみにとっておこう。

今夜が楽しみだ。

「とりあえず余り物で悪いが、ルティナはこれを着けてくれ」

「はい。ありがとうございます」
ルティナに装備品を渡して準備させた。
余り物の革の帽子や革のグローブなどだ。
身代わりのミサンガだけは、俺が着けてやる。
これは余り物じゃないし。
ほおずりしたくなるほど滑らかな絹の柔肌を思わずなでさすってしまった。
柔らかい。
そしてすべすべだ。
たまらんな。
だが、これ以上は今夜にとっておこう。
「武器は、とりあえずこれを」
聖槍《せいそう》も渡す。
現状使っていない武器の中ではこれが一番だ。
いろいろスキルがついたら聖槍は俺が使うことになると思うが、まあ今はこれでいい。
もう一本手に入るかもしれないし。
捕らぬ狸の。
とらぬたぬきのぉ。

だが今夜の楽しみはとらたぬではないぞ。

「ありがとうございます。ええっと。わたくしは槍《やり》で魔物を突けばよろしいでしょうか」

「あー。そうだな。ルティナは、迷宮に入ったことはあるよな」

「すみません。ありません」

「あれ？　あー、そうなんだ」

ルティナは村人Lv1だ。

そして探索者Lv1を持っていた。

だから迷宮には入ったことがあるはずだが、覚えていないのか、知らないうちに入ったのか。

あるいは移動するときにちょこっと経由したとか。

そんなことをするのは俺くらいなものか。

フィールドウォークでは迷宮に直接入れない。

「父が、迷宮は危険だからと」

そらま、危険は危険だろうが。

村人Lv1だから本当になんにもやっていない。

貴族の子どもは、護衛とパーティーを組んで、護衛だけが迷宮に入ってレベルアップしたりするものらしいのに、それすらやっていないのか。

クーデターも起こされるわけだよ。

「そんなんだ」

「これからは心を入れ替えたつもりで励みたいと思います」

まあ、クーデターでも起きなければルティナが俺のところに来ることはなかった。

そう考えると迷宮に入ったことがないくらいはありか。

どうせすぐに育つしな。

「別にそこまで気張らなくても。慣れないうちは無理をせず、じっくりと敵を見ていくらいでいい。槍をふるうのはそれからだ」

「はい、分かりました。お役に立てず、申し訳ありません」

「ま、おいおいだな。おいおい」

すぐに育つから、すぐに戦えるようになるだろう。

「大丈夫です。戦う気があるならば、戦うことに関して問題など起こりえないでしょう」

ロクサーヌはむちゃを言う。

「とりあえず四十四階層で見学してもらうか」

「そうですね。それがいいでしょう」

昔は新人がパーティーに加入したとき一階層から入ったりしたが、まあそこまでしなくてもいいように思う。

油断だろうか。

しかし実際大丈夫なんだよな。

錬金術師でメッキもかけるし。

命にかかわるようなピンチになるとはちょっと思えない。

見学という意味でなら、四十四階層を経験してもらったほうがいいだろう。

ロクサーヌも賛成してくれたので、四十四階層に飛んだ。

あの賛同はむちゃぶりではないに違いない。

クーラタルの四十四階層で白い芋虫などを軽く雷と水攻めにして退治する。

軽くないけどな。

大変だけどな。

雷と水攻めにするのが、魔法を念じるだけなので簡単だというだけで。

本当に大変なのは前衛陣だろうし。

「すごいです。こんなふうに戦っておられるのですね」

戦闘が終了したとき、ルティナも感心していた。

「そうだな」

「水魔法のはずなのに、なにやら光ってましたし」

「あーっと」

ルティナにはまだ複数の魔法を撃てることは教えてないか。

昨夜の風呂場では、水魔法と火魔法を一緒に使ったところは見てないかもしれない。

「いえ。途中で魔物が動かなくなっていました。魔道士の雷魔法を使うとそうなると聞いたことがあります。あれは水魔法ではなく雷魔法なのですか？　いえ。水魔法で間違いはないはずですが」

自分でほぼ正解にたどり着いたか。

優秀だな。

「ご主人様ですからこのくらいは当然のことです」

「ま、まあ、俺の場合はこういうものだと思っておいてくれ」

ロクサーヌが変な突っ込みを入れるから説明がしにくくなってしまった。

別にいいだろう。

その後、魔物を片づけながらボス部屋に向かう。

ルティナも槍で参戦した。

ちゃんと戦えるようか。

親が勝手に甘やかして戦わせてこなかっただけで。

本人に問題はない。

ボス戦でも、ボスにビシバシ槍を突き入れていた。

後ろから突くだけだとはいえ。

それでも怖いか怖くないかといったら、少しは怖いはずだ。

魔物の後ろに陣取っているとはいえたまには攻撃も飛んでくるし。

「やった、です」

適当にやっていれば今のボス戦ならミリアが終わらせてくれるが。

「ルティナも戦えそうでよかった」

「ありがとうございます。足手まといにならないように、精いっぱいがんばります」

そこまで気負わんでも。

「確かにルティナもよくやってくれています。心配はいらないようですね」

ロクサーヌ先生もお墨付きを与えてくれた。

「今はクーラタルの四十四階層でこのように戦っている。上の階層にどんどん進んでも戦闘は厳しくなるだけなので、しばらくこの階層にとどまるつもりだ。ルティナもがんばって慣れてほしい」

「はい。力をつけて、迷宮討伐に役立つようになりたいと思います」

気負ってるなあ。

肩の力を抜け。

「まあ、ゆっくりでいいぞ」

「そうですね。四十四階層なんて、もっと地獄のように厳しい階層かと思っていました。ボス戦でも結構簡単に終わるのですね。これなら、ゆっくり慣れていけそうです」

「お、おう」

その感想はどうなんだ。

肩の力を抜くのは、いいとして。

「はい。ご主人様だから、ボス戦でも楽に進められるのです。すぐに上の階層へ進むことになるでしょう」

ほら見ろ。

ロクサーヌ先生がやる気になってしまわれたではないか。

「ええっと。楽にやっている部類だとは思います」

セリーまでが賛同してしまったではないか。

進まないからな。

いやまあ、魔道士のジョブを取得したことで戦闘が格段に楽になったことは事実だが。

遊び人のスキルまで魔道士の雷魔法になったし。

単純に魔道士になるよりも俺の場合はかなり楽になっている。

そのうち、魔道士のレベルがある程度上がったら、上の階層へ進んでいかざるをえなくなるのだろう。

進みたがる人がいるし。

また一日一階層ずつ上がっていくのか。

とても止まらない人がいるし。

「やる、です」

「大丈夫だと思います」

そのやるはこの四十四階層でやるの意味だよな。

四十四階層で大丈夫だよな。

「はい。わたくしもがんばりたいと思います」

いや。本当にゆっくりでお願いします。

まじで。

ガチで。

頼むよ。

その後、四十五階層では戦わず四十四階層を周回する。

結局こうしてがんばっていくしかないわけだ。

ルティナは、すぐに村人Lv5となり魔法使いのジョブを取得した。

「うーん。どうしようか。すぐに魔法使いとして戦うか。もうちょっといろいろと慣れるのがいいか。ルティナはどっちがいい？」

「いえ、あの。すみません」

当人に確認してみたら、申し訳なさそうに謝ってくる。

どっちがいいか聞きたかっただけなんだが。

まあどっちがと言われても困るか。

「どうするかだが」

最終的には魔法使いになってもらうとしても、あんまり慣れていないうちから決めつけるのもどうかという気もする。

最初のうちはレベルもすぐに上がるし。

「いいえ、そうではなく。先ほども申したとおり、わたくしは父が迷宮になど入ることはないと言って、ほとんど何もしていないのです。魔法使いにはなれるはずですが、かなり時間がかかってしまうと思います。ご迷惑をおかけするかもしれません」

そこまで卑下するものでもあるまい。

「まあもう魔法使いだけどな」

「はい？」

「試しに、ファイヤーウォールとでも念じてみろ」

ルティナのジョブを魔法使いに設定してから、やらせてみた。

「え……。え？　……ええっ？」

えの三段活用か。

ファイヤーウォールと念じれば、呪文が頭に浮かんでくるだろう。

それで自分が本当に魔法使いになったのだと分かったはずだ。

「そういうことだ」

「え。でもどういう……」

「ご主人様なら造作もないことです」

ロクサーヌの言うとおりだな。

確かにそうか。

そうか？

まあそうしておけ。

「え、ええ」

ルティナが少し引いているように見える。

「もう少し慣れたら、ルティナにも戦ってもらう。一度休んでからかな。それまではよく見学しておけ」

「は、はい」

戦うのも先延ばしでいいだろう。

魔物を素手で殴り倒すのとか、魔法使いがほぼ確定しているルティナに意味あるのかなという気はするが、ルティナにもやってもらう。
いっぱいジョブを持つことも、少しは役に立つかもしれないし。
あるいは、少なくとも遊び人まで行けば。
もっとも遊び人というのは単独ジョブでは使いにくいような気はする。
効果もスキルも一つしかないし。
付け替えれるという利点はあるとしても。
複数ジョブ向きのジョブではある。
まあ、魔物を素手で倒したり毒で倒したりはメンバー全員やってきた。
特別扱いはしないほうがいいだろう。
変なえこひいきをしたと解釈されかねない。
「ええっと。魔法を使ってみてもいいでしょうか?」
迷宮を進んでいると、ルティナが提案してきた。
魔法か。
使ってみたいのだろう。俺もそうだったから、使いたくなる気持ちは分かる。
そんな中二病の地球人みたいな理由ではないかもしれないが。
悪かったたな。
「まあそうだな。ブリーズストームでも使ってみろ」

「ブリーズストームですか……！」

俺につられてブリーズストームとつぶやいたルティナの顔色が変わる。

ジョブについていてそのスキルが使えれば、つぶやくだけで必要な呪文が分かる。

ルティナにもブリーズストームの呪文が分かったのだろう。

「魔物の弱点属性とか今はあまり気にせず、使ってみるといい」

「はい」

まずないだろうが暴発する可能性も考え、ブリーズストームを勧めておいた。

ファイヤーストームはやっぱり怖い。

火遊びとか駄目だよね。

ブリーズストームなら、失敗して暴走しても風が吹くだけだ。

かまいたちになるかもしれないが。

それでも火を熾《おこ》されるよりはいいだろう。

延焼でもしたらえらいことだ。

「ルティナもいよいよ魔法を使いますか。ならばやはり相手の多いところがいいですね」

ロクサーヌよ、それはむちゃぶりというものだ。

まあ、そもそも数の多いところにしか最近は連れて行っていないのでは、という疑惑があることも否定はできないが。

このような発言が飛び出すところを見るとそうでもないのだろうか。

ルティナが初めて迷宮に入るから手加減していたとか？

そんな傾向があっただろうか。

魔物が六匹のところは確かにいつもよりは少なかったかもしれない。

うーん。

どうなんだろう。

少なかったかもしれないだけでなかったわけではないのは、やはり手加減とか、微塵《みじん》も考えてないだろ。

ルティナが初めて魔法を使うから魔物の数の多いところに。

ルティナが初めて迷宮に入ったから魔物の数の多いところに。

夏だから魔物の数の多いところに。

なんでもないけど魔物の数の多いところに。

どさくさで魔物の数の多いところに。

これがロクサーヌだ。

間違いない。

ロクサーヌの案内で迷宮を進むと、六匹の魔物が。

うん、知ってた。

四人が走り出し、俺は二発の魔法を念じてから追いかける。

「香り捕らえて行く風に、仇《かたき》はらえる武威を乗せ、噴流、ブリーズストーム」

ルティナは魔法を詠唱した。

こういう呪文だったのか。

ブリーズストームの呪文は使ったことがなかった。

ブラヒム語のほうもルティナは問題ないらしい。

伯爵令嬢だけに言葉はきっちりしているのだろう。貴族同士だと会話は基本ブラヒム語になるようだし。

詠唱共鳴とかも問題にならなかった。

俺は詠唱を省略しているから大丈夫なんだろう。

多分いけるだろうとは思っていたが、実際に使用できてひと安心だ。

ルティナは、一回だけ魔法を放つと、俺を抜いて魔物に突撃していった。

一回しか使わないのか。

たくさん撃ってＭＰが尽き、ダウナーになったら、慰めてやることができたのに。

馬鹿だなあ。

ボクがいるじゃないか。

……うん。ないな。

悪かった。

洗脳やそういった類いのことでなんとかしようとしてはいけないということだ。

悪かったよ。

デュフフフ。

拙者がいるでござる。

「やった、です」

魔物のほうは、六匹なので雷魔法で離脱させる作戦を取っていたら、ミリアが次々と撃破してくれた。

なんとかなったか。

「ルティナの魔法のおかげもあって、なんとかなったな」

「いえいえ。わたくしなどたいした貢献もできず」

「そんなことはありません。やはりこのくらいの相手はなんでもありませんでした」

「お、おう」

ルティナは謙遜《けんそん》しているのに、ロクサーヌが洗脳しようとしてくる。

上には行かないからな。

「ルティナが魔法を撃てるようになって、ますますパーティーの戦力が上がってきましたね。素晴らしいことです」

「はい。魔法使いが入ってパーティーの戦力が上がったのももちろんですが、より柔軟でより戦略性に富んだ戦いができるようにもなります。ルティナのおかげですね」

「さすが、です」

「すごいと思います」

四人がルティナの魔法を言祝《ことほ》ぐ。

「ありがとうございます」

「最初のうちは大変だから、しばらくはあまり無理をせず、好きなときにときどき魔法を撃ってくれればいい。数日は安定しないだろうしな」

「はい。魔法を使いすぎると気分が悪くなるのですよね。ご迷惑をおかけしないように、気をつけたいと思います」

そこはむしろ、使いすぎて迷惑をかけてくれてもいいのよ。

気を使わず、迷惑はかけるべき。

思い切って迷惑をかけるべきだろう。

隠さず迷惑をかけるべき。

麻呂がいるでおじゃる。

隠れていても匂いで分かりまするぞ。

「まあ心配する必要はない。安定してきたら、改めて魔法の使い方を相談しよう」

「分かりました」

その後、朝食まで少しの時間四十四階層を周回した。

ルティナもたまにしか魔法を使わなかったので、MP不足に陥ったような形跡はない。

まあもともと四十四階層ではルティナがいなくても戦える。

無理をすることでもないし、切羽詰まった状況にもならなかった。

足手まといというわけでもないので、ルティナが増えて難しくなることもない。

順調か。

ルティナのほうも、最初は少しだけ、こわごわという雰囲気で槍を突き入れていたが、
あとのほうはかなり自然に振り回していた。

結構いい感じではないだろうか。

ルティナも戦える。

甘やかされていても問題なしか。

やらなくてはと本人は思っていたようだしな。

例の貴族の責務とやらで。

もっとも、魔物の障害が目の前にあるだけに、この世界の人はみんな戦うことに対して忌避はないようだ。

セリーといい、ミリアといい、ベスタといい。

もう一人の人は別格として。

アレはこの世界というくくりに入れていいのかどうか分からん。

まあそれはともかく、結構みんなちゃんと戦ってくれる。

ルティナも大丈夫だろう。

「そろそろいいんじゃないか。食事にしないか」

この世界のくくりに入らないかもしれない人に提案した。

何も言わなければずうっと戦っていそうだ。

昨夜は夜が遅く、そのために今朝は朝が遅く、活動開始が遅かったのでいつもなら朝食を取っている時間はとっくに過ぎている。

もういいだろう。

「そうですね。いったん休息をとりましょうか」

ロクサーヌも賛成してくれたので、冒険者ギルドの壁にワープで出た。

クーラタルの街中の店で朝食用の買い物をする。

いつもより遅い時間に、新しい美人のパーティーメンバーを連れて。

察しのいい人なら何かに気づいてしまいそうだな。

というか実際、お店の人の目が、ゆうべはお楽しみでしたね、と問いかけているような気がする。

あの目が。
あの視線が。
あのにやけ笑いが。
はい。お楽しみでした。
まあしょうがないよな。
これだけの美人が加わったのだし。
明るい日差しのもとで見るルティナは、さらに美しい。
今にも輝きだしそうだ。
細部までくっきり見えるのに、ほんのわずかな陰りもない。
一点の欠点も曇りも瑕瑾《かきん》もない。
とりわけ、その肌が美しい。
綺麗《きれい》で、あでやかで、なめらかだ。
何かが根本的に違う気がする。
艶というか、張りというか、潤いというか。
決定的に何かが違う。
ただ美しいというわけではない何かがあって、ただひたすらに美しい。
あるいは、これが透明感とかいうやつだろうか。

別に透けたりはしないが。

すごいよな。

この美しさはエルフだからなのか、貴族の令嬢だからなのか、ルティナだからなのか。

ありえないほどの美しい肌に、引き込まれそうだ。

「そういえば、ルティナは食事は作ったことあるか」

「いいえ。ありません」

「うちは食事はみんなで作る。ルティナにも、そのうち作ってもらうことになるだろう。

何か一品くらいはできるようになってほしい」

「分かりました」

この蠱惑《こわく》の輝ける肌は、やはり水仕事もしたことがないからだろうか。

まあ、冬になったらファイヤーボールでもぶち込んでお湯にしてやればいいので、しもやけやあかぎれに困ることにはならないだろう。

「当面は、食事を作るときはみんなの手伝いをしてくれ」

「はい」

「その前に。今日はちょっとあれだ」

やはりこの肌には引き込まれてしまう。

「はい？」

「ちょっとうまく巻けてないな。巻きなおすからこっちに来てくれ」
家に帰ると、ルティナを呼び寄せた。
足首に巻いた身代わりのミサンガを巻きなおす。
丁寧に。
ゆっくりと。
足首をなでながら。
まさに引き込まれた。
華麗で甘美な美肌に取り込まれた。
その輝きに魅せられ、うっとりさせられ、誘惑された。
しょうがない。
身代わりのミサンガは何かあったときの命綱だ。
ほどけたりしないよう、しっかりと巻いておく必要がある。
巻きつけておく必要がある。
俺も巻きつきたい。
まあさすがに今からというわけにはいかない。
いかないよな？
いけるか。

いけるか？

いやいや。

いかんいかん。

そんなことをしたらクセになってしまう。

抜けられなくなってしまう。

やめておくべきだろう。

まあそれくらい魅惑的だということだ。

誘惑を断ち切り、キッチンへと赴いた。

「では、ベスタとルティナはこれをお願いしますね」

「大丈夫だと思います」

「分かりました」

おっと。

ロクサーヌたちは早速朝食を作り始めるようだ。

俺も一品作るか。

スクランブルエッグでいいだろう。

卵を牛乳で溶いて、軽く熱を通せばすぐできて簡単だ。

「父がよくミサンガを巻いていて、臆病な人だと思っていましたが、冒険者のかたも実際やられるのですね」

「まあ安心だからな」

身代わりのミサンガを臆病と解釈されたのではたまらんな。

ハルツ公爵とかも着けてるのに。

娘にダメ出しされる父。

日頃の行いだろうか。

「冒険者でもそういうもんですか」

「実際安心だろう」

「そうなんですね」

「いえ、あの。会話がかみ合ってない気がします」

セリーがなにやら指摘してきた。

別に普通だったと思うが。

「ミサンガの話だろう?」

「ミサンガの話ですね」

ルティナとは認識が一致している。

問題ないじゃないか。

「いえ。ミサンガはミサンガでも身代わりのミサンガでは」

「だからミサンガだろう」

「え？……」

あら。

一致していなかったようだ。

セリーの言葉に、ルティナが驚いて固まってしまった。

「身代わりのミサンガを着けておけば安心だろう」

「そ、そうですね。では、あの、これも」

ルティナが足元を気にする。

身代わりのミサンガだ。

「そうだぞ」

「……ただのミサンガでは？」

「ただのミサンガを巻いてどうする。あれは最弱のアクセサリーで、ほとんど効果はないらしいぞ」

やつは四天王の中でも最弱。

実際、これまでアクセサリー装備はミサンガ、指輪、イアリング、アミュレットの四つの存在を確認している。

まあほかにもあるだろうが。

「身代わりのミサンガは貴重なので、普段はただのミサンガを着けておいて、身代わりのミサンガを着けているふりをするのだと、父が」

それで臆病という評価なわけね。

身代わりのミサンガが手元にないときに、ただのミサンガを着けて身代わりのミサンガを装着しているふうに装ったと。

暗殺者が狙ってきても諦めてくれるかもしれないから。

諦めるか？

どうなんだろうね。

まあでも、困難は感じるだろう。

「まったく効果がないとは言えないかな。なるほど」

「だからこれもミサンガかと」

「ふうん」

「そんな貴重なものを。知らなかったとはいえ、申し訳ありません」

ルティナがすまなそうに謝ってくるが、そんなことをされても困る。

ただの下心なのに。

触りたかっただけなのに。

その美しい輝く肌をなでさすりたかっただけなのに。

「ご主人様の私たちに対する扱いは、こういうものです」

はい。

ロクサーヌの言うとおり、俺の彼女たちに対する扱いはこういうものです。

いかん。

スクランブルエッグに火を通しすぎてしまった。

動揺して失敗してしまったではないか。

「ありがとうございます。あと、あの……」

「ん？」

「これを」

失敗したと後悔していると、ルティナがためらいがちに何かを取り出した。

ポケットか何かに持っていたらしい。

「金貨？」

出してきたのは金貨だ。

別に何の変哲もない普通の金貨である。受け取って見てみるが透かしは入っていない。

当たり前だ。

「服に縫いつけていました」

そんなのがあったのか。

「ふーん。そうなのか」

「亡くなった母が、何があるか分からないから常に身に着けておくようにと」

立派な教えだ。

実際役に立ちそうだし。

金貨一枚くらいではしょうがないかもしれないが。

かといって、何枚も持ち歩くわけにもいくまい。

白金貨では高すぎるだろうし。

「そうなのか」

「お渡ししておくべきかと思いまして」

「渡しておく、べきなのか？」

「うーん。犯罪奴隷の場合で、肌着にお金を縫いつけておいたという人の話は聞いたことがあります。お金は奴隷の持ち物になったそうです」

セリーに尋ねると、事例を教えてくれた。

「へえ」

「ただし、通常服の所有者が奴隷とは認められません。肌着なら奴隷の持ち物として認められますが、服は奴隷商人が適切なものを用意して奴隷と一緒に売却されます。先ほどの場合でも、お金が奴隷の持ち物になったのは肌着に入れていたからです」

「服は駄目なのか」

細かいな。

「そうなんですね。では、これを」

「いや、それはルティナが持っておけ」

金貨を差し出してくるルティナをとどめる。

ルティナの場合も、別にお金に困って奴隷になったわけではないから、お金を持ち出すことに問題はないだろう。

ハルツ公爵がなんと言うかは分からないが。

まあ金貨一枚程度で伯爵家の財政が傾くはずもなし。

ルティナも盗賊のジョブを得てはいない。

あくまで自分の金を持ってきた扱いなんだろう。

「よろしいのですか？」

「何かあるといけないからな。俺のアイテムボックスで預かってもいいが。まあお母さんの教えのとおり、身に着けておくといい」

「はい」

「白金貨でも入れておけば自分を買い戻せたのにな」

実際のところ、どうなんだろう。

まさか。金貨一枚で買い戻すという意味だったのでは？

それはないか。

それこそ、本当に白金貨でなければ。

「いえ。白金貨なんてさすがに見たこともないです」

貴族の令嬢でも見ないものなのか。

まあ、伯爵家にはあったとしても、わざわざ家族に見せるものでもないかもしれない。

「そうなんだ。確かに俺も一枚しか持ってないし」

「え？」

「見るか？」

疑わしそうな返事が返ってきたので、見せることにする。

アイテムボックスから出して、ルティナに渡した。

家に置いとくのも不用心だし、持っていれば落とす危険があるし、結局はアイテムボックスに入れるしかないというのが白金貨の最大の問題だ。

一枚しか持っていないのに、アイテムボックスの一列を使ってしまう。

金貨に両替すれば二列使うことになるから、それよりはお得だが。

価値のあるものだからしょうがない。

「これが白金貨ですか。すごいものをお持ちなんですね」

「おっと、そうだ。左手を出してくれ」

「はい」

「よし」

白金貨を返してもらいながら、ルティナに左手を出させた。

俺はジョブに奴隷商人をセットして、インテリジェンスカードの書き換えを行う。

ルティナの所有者を俺に設定した。

これでひと安心。

買い戻そうとしてもハルツ公爵の気が変わって取り戻そうとしても、そうそう簡単にはいかなくなったはずだ。

ハルツ公爵はそこまでやってくれなかったので、あとで奴隷商人を訪ねてやってもらうように言われていたのだった。

「本当になんでもおできになられるのですね」

「なんでもではないが。食事にしよう」

実際、スクランブルエッグは少し失敗してしまったし。

「そうですね」

「はい」

全員でテーブルに食事を運んで、朝食にする。

スクランブルエッグも失敗というほどではなかった。

「まあ軟らかくはないが、別に悪くはないな」

「いえ。素晴らしいと思います。これほどの食事を毎日？」

「そうだな」

「それはすごいですね。そこまでですか」

ルティナが感心しているが、貴族ならもっといいものを食べていそうなのに。

どうなんだろうか。

貴族の食事と比較しても悪くないのだろうか。

そういえば、最近ハルツ公爵から食事に招待されることが続いたが、もしも俺が食費をケチってロクサーヌたちにいいものを食べさせていなかった場合、彼女たちに変な里心がつくこともあり得たのではないだろうか。

さすがハルツ公爵。

油断ならん。

ロクサーヌを引き抜くことを考えていたに違いない。

一分の隙も見せられんな。

「さかな、食べる、させる、です」

なるほど。ミリアにとっていい食事とは、魚が出てくるものらしい。

というか、魚さえあればなんでもありだろ、おまえは。

ルティナに食べさせたいだけじゃなくて自分が食べたいのもあるだろうし。

まあ、ミリアはベスタによく魚を分けてやっていたりはする。

こっちが魚に手を出しても特に恨みがましい視線は向けてこないしな。

「魚か」

「かき混ぜる、です」

タルタルソースも自分で作ると。

「そうか。そこまで言うのなら、明日の夜あたりフィッシュフライでいいかもしれん」

「食べる、です」

やっぱおまえが食いたいんじゃないか。

「まあうちはどうしても魚が出てくることが多いので、ルティナも慣れてくれ」

「はい。特に好き嫌いはありませんので」

「すごい、です」

いや、ミリアよ。

ルティナは、好き嫌いはないと言っただけで、つまり嫌いではないが好きでもないのだぞ。

好き嫌いがないだけですごいといえばすごいが。

さすがは貴族の令嬢ということなのだろうか。

上流階級はしっかり育てられるから好き嫌いがない。

下層階級は文句を言わずになんでも食べなければ生きていけないから好き嫌いがない。

好き嫌いというのは、飽食の時代特有の極めて現代的な病なのかもしれない。

「ところで、制覇する迷宮について、何か考えてはおられるのでしょうか」

「制覇する？」

「はい。制覇して貴族に叙爵されることになる迷宮です。四十四階層で戦っているなら、考えてもいい時期に来ていると思うのですが」

食事中だというのに、ルティナがぶっ込んできた。

まあ食事中だからかもしれないが。

この世界では迷宮を討伐すれば貴族になることができるらしい。

ハルツ公爵が、俺ならばいずれそうなるからとルティナをあおったんだよな。

おいしく食事しましょうよ。

「いや。そこまでは。まだ四十五階層から上へ行くことも控えている段階だしな」

「わたくしの受けた感じ、上の階層でも十分に戦っていけそうですが」

「はい。ご主人様ならすぐに上に行けるに違いありません」

あまり変なことは言わないでほしい。

ロクサーヌがその気になってしまうではないか。

「ただ、既存の貴族領内にある迷宮を倒しても、貴族にはなれません。貴族になることができる迷宮は何年も放置されていて、当然五十階層よりももっと育った迷宮です。そんなに簡単な話でもないのではないでしょうか」

いいぞ、セリー。

冷徹な意見でみなを鎮めてくれ。

「それはそうですが」

「もちろん中には楽な迷宮もあるかもしれませんが、そういうところは競争率も高くなるでしょうし。まあ、こっそり教えてくれるような人でもいれば別ですが」

なるほど。

ルティナの質問は、穴場の迷宮を教えてくれるあてはあるのか、という問いかけだったのかもしれない。

ルティナから見れば、ハルツ公爵がそういう伝手《つて》に見えるだろう。

親の仇のハルツ公爵が。

それは警戒もするか。

「そういうのはないな」

ハルツ公爵も何か教えてくれるかもしれないが。

ただし、楽に倒せる迷宮を教えてくれるというよりは、ハルツ公爵にとって都合がいいところを教えてくれそうだ。

手のひらで転がされている感が。

今更手遅れかもしれないが。

ルティナ同様、ルティナとは違う意味で警戒しておく必要があるかもしれない。

「そうですか」

「まあそのときになってからその時々で選んでいけばいいんじゃないか。まだまだ急ぐほどでもないし」

「はい。ご主人様なら誰よりも大きく育った迷宮を倒せるに違いありません。なんの心配もいらないでしょう」

五十階層から少し育った程度の迷宮を見つけないと、ロクサーヌにどんどん上まで連れて行かれそうだ。

くっ。

ここはハルツ公爵に頼るしかないか。

ハルツ公爵に頼らない場合ルティナは安心かもしれないが、俺が安心できなくなった。

ロクサーヌなら今すぐ六十階層くらいにぶち込んでも、魔物の攻撃をすいすいさけて出てきそうだし。

「わたくしも、よさそうな迷宮がないかアンテナを張っておきますね」

「頼むな」

割と切実に。

とはいえ、ルティナに頼っていいのだろうか。頼ることができるのだろうか。

人脈はあるだろうが、使えるのかという問題があるよな。

使えるのも、それはそれでどうなんだという気がするし。

どうなんだ？

使えていいのだろうか。

ロクサーヌやベスタの人脈の金物屋のおばさんは、どうでもいいに違いないが。

「私も、これからはその方面にも注意を向けておくようにします」

まあ、セリーがこう言ってくれるなら安心か。

セリーがギルドの公開情報か帝国解放会のロッジ辺りで見つけてくるというのが一番ありそうなことのように思える。

そうするとうまくやった人よりも育った迷宮を相手にすることになるかもしれないが、
多少はしょうがない。

俺はデュランダルも出せるし、複数ジョブもあるし。

ある程度は脳筋的な対処で十分だろう。

力こそパワーだ。

ロクサーヌを否定できんな。

「それでは、そういうことで」

近々の方針が決定した。

もちろん俺に期待してはいけない。ハルツ公爵を除けばそんな人脈もないしこちらから積極的に働きかけるコミュニケーション能力もない。

そして、その前にやることもある。

装備や簡単な日用品などはクーラタルでそろえたが、服を用意する必要がある。帝都へ行かなければならない。

とりあえず、ロクサーヌたちも寝間着で使用しているキャミソールは絶対必要だろう。

いろいろな意味で。

今夜のお楽しみ的な意味で。

毎晩毎晩のお楽しみ的な意味で。

いや。

そういうことではなく、扱いに差をつけるのはよくないからな。

が、それだけではない。

あの店では、メイド服、エプロン、巫女《みこ》の修行用の白装束と作っている。

もちろん作りたい。

ルティナに着せたい。

着てもらいたい。

いろいろな意味で。

エプロンとかどうなんだろうな。

貴族の令嬢に没落した悲哀を味わわせているみたいで。

白装束は問題がない。

巫女になるために滝行をすると濡《ぬ》れ透けになってしまうが、修行なので問題ない。

滝行をしないときでも妙に艶《なま》めかしいが、問題ない。

夜に寝室で着てもらったりもするが、問題はないだろう。

メイド服は、どうだろう。

セルマー伯の居城にそういう人がいたら、よくないかもしれない。

没落した事実を突きつけるかもしれないし、昔を思い出して落ち込む可能性もある。

ハルツ公の宮城ではあんまりああいう格好をした人は見ていないが、奥に入れば違うかもしれないし、セルマー伯は違うかもしれない。

貴族の責務を怠って迷宮討伐をサボっていたセルマー伯なら。

さすがはセルマー伯。

それは滅ぼされもするわ。

ただ、あの服は帝都の皇城の侍女が着る服をモデルにしたという話だった。皇室に仕える侍女なら、身分もそれなりだろう。皇帝のお膝元で悪さをされても困る。

貴族の子女が行儀見習いのために帝都の城に上がるということもあるかもしれない。

それならば、メイド服は安パイか。

あるいは逆に、令嬢時代を思い出させて気分を悪くさせるか。

まあその辺は出たとこ勝負だ。

しょうがない。

できれば着てもらいたいのだし。

着つけたそれをルティナを堪能したいのだし。

ええか、ええのんか。ここがええのんか。これがええのんか。

「なにか？」

おっと。声に出ていたか。

「ルティナにもいろいろ必要なものがあるだろう。当面のものはあとでクーラタルで買うとして、帝都の服屋にも行く必要があるな」

「服屋ですか？」

「そうですね。私たちと色違いの寝間着を買う必要もありますし」

ロクサーヌの無邪気な賛同が今はうれしい。

「昨夜お借りした、みなさんが着ていたやつですよね。割といいものでしたが」

「はい。着心地もいいですよね」

「よろしいのでしょうか」

好感触。

あれはルティナにもいいものだったらしい。

「大丈夫だ。あと、朝食を作るときにみんなが着けていたエプロンもルティナの分を作りたい。料理は手伝ってもらうからな」

「はい。ありがとうございます」

好感触ついでに、恩着せがましくエプロンも押しつけてしまった。

料理のため。

料理のためだ。

絹のエプロンも作っていることは内緒にしておけばいい。

キッチンでなく寝室用だし。

服の上から重ねる用ではないし。

「それでは、今日の夕方にでも行こう」

作ってしまえば、あとはどうにでもなる。
ならしてみせる。
ならずにはおかないだろう。

第五十七章　次回ゴスラー死す

ロクサーヌ

現時点のレベル&装備

巫女	*Lv41*
装備	レイピア 鋼鉄の盾 竜革のジャケット 耐風のダマスカス鋼額金 硬革のグローブ 柳の硬革靴 身代わりのミサンガ

四十四階層で何日か過ごした。

ルティナも多少は慣れてきただろうが、切り上げ時というのが難しいな。

いつまでも四十四階層にいるわけにはいかないが、上へ行くにも踏ん切りがいる。

四十四階層にこもることになったときセリーから出口戦略を質《ただ》されたが、まさに的確な懸念だったわけだ。

強力なジョブでも出現してくれればいいが、簡単にはいかない。

簡単にできるくらいならもうやってる。

次にLv50に届きそうなのは英雄だが、時間もまだかかるだろうし。

それに、英雄の上位ジョブで戦闘がどれほど楽になるかは不明だ。

僧侶と神官を両方育てていなければ僧侶がLv50になるころではあるが、不幸なことに最近は神官と交互に使っていたりする。

単体回復の僧侶か、全体手当てを使える神官か。

今後強大な敵と対することになったとき、その一撃が重く回復に手こずるようなら僧侶が必要になるだろうし、全体攻撃魔法を連打されて回復が間に合わず立ちすくむようなら神官が必要になるだろう。

どちらが必要になるか、現時点で判断がつかない。

だから、と言い訳をして、両方育てている。

どちらか片方に集中すべきだったか。

まあしょうがないか。

判断がつかないのは確かだし。

そのために、Lv50で新しいジョブが手に入り強くなって、という理由で四十五階層より上の階層に進む道は険しい。

いや。俺だけならもっと待てるが。

いや。俺だけなら、ちょっとだけ四十五階層に手を出してみればいいのだ。

それで駄目なら尻尾を巻いて逃げ出せばいい。

自分だけなら逃げることも恥ではない。

俺だけなら、なんの衒《てら》いも、恥も外聞もなく実行できる。

そうだよな。

そうすべきだ。

俺だけならできるということは、できないほうが間違っているということだ。

実行すべきなのである。

「これからも、まだしばらくは四十四階層で戦っていきたい」

「はい」

朝食のとき、みんなに説明した。

そうと決まれば、誤解を受けないように、説明する必要があるだろう。

なるべく誤解を受けないように。

こちらの本気が伝わるように。

少しでも暴走しないように。

「戦っていきたいのではある。そこは基本としてだ」

「はい」

「いつまでもまったく四十五階層を経験しないのも、どうかと思うわけだ」

「そのとおりですね」

やはりロクサーヌが食いついてきたか。

全然そのとおりではない。

不本意ながら、というところだ。

いやいやそのとおり。

泣く泣くそのとおりだからな。

「あくまで、メインは四十四階層として、だ。そろそろ、四十五階層を経験してみるのも悪くないのではないか、ということを表立って否定する材料に乏しい、とは認めるにやぶさかでない」

「はい」

「そこで、今日あたりから、チャンスがあったら戦っていくことにしてもいいのではないか、と思うわけだ」

「素晴らしいお考えです」

いや。できればセリーあたりに批判してほしい考えではあるのだが。

「そうですね。いいと思います」

そのセリーに賛同されてしまった。

結構というか案外というか、セリーもイケイケだよな。

魔物がいるこの世界は基本的に危険も多く、少々のリスクはほとんどかえりみない傾向があるように思う。

冷静沈着なセリーにも慎重さはない。

それだけ厳しい世界だということなのだろう。

「う、うむ。ボス戦のあとで四十五階層に抜けたとき、もし魔物の数が少ない群れが近くにいたら、教えてくれ」

これが問題だよな。

四十五階層での戦闘を行うなら、最初は数の少ないところで行いたい。いきなり六匹の魔物など、ご免こうむりたい。

一匹だけを相手にできれば望外の幸せ。

四十五階層で一匹はさすがに厳しいだろうから、できれば二匹。

二匹は無理としても、せめて三匹までには収めたい。

イチかバチかでなくそれを行うには、ロクサーヌの協力がいる。

頼むしかないわけだ。

ロクサーヌにこうして説明している所以《ゆえん》である。

「はい。おまかせください」

「ただし、あくまで、あくまで、メインは四十四階層。四十五階層でそんなに戦うつもりはない。今日の最後に一回くらい戦えばいいかな、くらいの気持ちで」

「気合を込めて一回の戦いにぶつけるのですね」

そういうのではないような気がする。

気合を込めて六匹のところとかに連れて行かないよな?

「う、うむ。なんというか、本日の集大成みたいな気持ちで」

「集大成ですね」

「そう、集大成。だから四十五階層で戦うのは一回でいい。それにすべてを賭ける。今日はそれ以上四十五階層では戦わない。戦えるようなら、明日もまた少しだけ戦えばいい。そうして、それを徐々に増やしていく。こうやって四十五階層に慣れていこう」

一回というのを逆手に取る。

こうやってクギを刺しておけば、ロクサーヌもしつこく求めてはこないだろう。

あくまでメインは四十四階層だというのを忘れてはいけない。

「四十五階層で戦えるようなら、そのまま四十五階層へ行ってもいいと思いますが」

というのに、セリーがぶっ込んできやがった。

おまえ……。

確かに、四十五階層で戦えるなら四十五階層へ行くのが合理的だろうけどさあ。

「まあ四十五階層が被害を出すほど厳しいとは思っていない。戦えるか戦えないかでいえば、戦えるだろう。だからこそ行く。それでも、徐々に慣らしていくのがいいだろう」

「うーん。そういうものですか」

そういうものなんだよ。

戦えるか戦えないかだけで判断しようとすると、ロクサーヌなんかどこまで行っても止まりそうにないぞ。

被害が出たとき、死んでしまうとは情けない、と言い出しかねないのがロクサーヌだ。

「分かりました。今日一番の戦いができるよう、相手を厳選していきます」

「た、頼むな」

厳選の意味が違うような気がするが、大丈夫だろうか。

まあしょうがない。

ロクサーヌの協力なしではどうにもできん。

いずれにせよ近いうちに四十五階層で戦う必要はある。

いつかは行かなければならない。

遅くなればロクサーヌの欲求不満がどのように爆発するか分かったものではないし。

朝食のときロクサーヌに頼んだ。

それから、迷宮に入って戦う。

ロクサーヌは、慎重に相手を選んでいるのかどうか、四十四階層のボス戦をクリアして四十五階層へ抜けてもなかなか戦おうとはしなかった。

これでは昨日までと変わらん。

まあ選んでいるのだろうが。

本当かね。

「向こうにいるのは、数はそれなりにいますが四十五階層の魔物であるネペンテスは一匹か二匹ですね。チャンスだと思います」

昼過ぎになってロクサーヌが選んだ魔物の群れは微妙なものだった。

なるほど。

こういうのを探していたのか。

四十五階層の魔物が全部の中の一匹か二匹だと。

残りは四十四階層でも戦っているから問題はないと。

確かに、四十四階層で戦ったことのある魔物なら、四十四階層のLv44から四十五階層ではLv45になるだろうから多少は強くなるが、致命的というほどではないかもしれない。

「えー」

いやいやいや。

それなら四十五階層の魔物がいないところを探そうよ。

四十四階層までの魔物しかいないから四十五階層でも今までの延長線上で戦えますよ、というのなら分かる。

分かりやすい。

こっちも、じゃあやってみようかとなるじゃないか。

そんな都合のいい相手がすぐに見つかるものでもないかもしれないが。

四十五階層の魔物が入っていると、簡単にうなずくわけにはいかない。

だいたい、一匹か二匹と言っているが、それ二匹だろ、絶対。

「いけませんか？」

俺が悪いみたいに言うなよな。

俺の頼み方が悪かったのかもしれないが。

かといってロクサーヌの協力なしでは進められないし。

「い、いや。行ってみるか」
「はい。こちらです」
くそー。
譲歩してしまった。
まあしょうがない。
ロクサーヌについていく。
いつかはチャレンジする必要があるのだし。
ロクサーヌが連れて行ったところには、大量の魔物軍団が。
あー。
そうか。
やっぱり六匹か。
それなりの数とか言っていたが、もちろん六匹を覚悟しなければいけなかったか。
そういうことね。
ネペンテスが二匹なのはせめてもの救いか。
いや。一匹か二匹と言っていたのに二匹だから十分多い。
二匹ならよかったと思えてしまうのは錯覚だ。騙《だま》されている。
なんかどんどんハードルを上げられていく感じがするよな。

ロクサーヌたちは魔物を確認すると同時に走り出した。

俺も、雷魔法を二連発にファイヤーストームを追加で念じて、追いかける。

そして、最初のサンダーストーム二発で、四匹が麻痺《まひ》した。

好発進だ。

が、ネペンテスが二匹とも含まれてしまったのはよかったといえるかどうか。

四十五階層からの魔物といっても特に雷魔法に対する麻痺耐性が高いわけではない、といえるかもしれないので、よしとしておくか。

追いかける途中で放った次の雷魔法二連発で、残りの二匹も落ちる。

「ミリア、ほかは無視してネペンテスを狙えるか？」

「はい、です」

「頼む」

ミリアに指示を出した。

こうなったらせめて四十五階層の魔物から倒していかなければ。

雷魔法で麻痺しても解けることがあるから先に進ませるのは危険だが、やむをえない。

今回だけでもネペンテスを優先すべきだろう。

ロクサーヌがむちゃな相手を選ぶから。

ミリアが麻痺している二匹の横をすり抜け、ネペンテスに向かう。

ロクサーヌたちは、二匹の前に陣取って周りを囲んだ。

思い思いに武器を振り、魔物に叩《たた》きつける。

麻痺しているのをいいことに。

ベスタとか、あんなふうに二刀流でぼこぼこ殴りつけたら、絶対に痛いと思うの。

剣は切る武器じゃなく叩く武器だっていうけど、ああいうことなんだろうか。

そうじゃないと思う。

「やった、です」

そうこうしているうちに、一匹撃沈、と。

「はい、です」

「戻ってこい」

最初に麻痺したうちの一匹の麻痺が解けそうだったので、ミリアを呼び戻す。

安全第一。

離れたところでミリアが囲まれたりしたらかなわん。

と、次の雷魔法で動き出した魔物が再び硬直。

これならいけるか。

「悪い。やっぱりネペンテスで」

「はい、です」

と思ったら、違う一匹の麻痺が解けて動き出した。

コントかよ。

「あー。くそ。ミリア、戻ってきてこっちの魔物からやってくれ。一匹なら四十五階層の魔物を相手にしよう」

一匹は排除できた。

無理に二匹めは狙わなくていいだろう。

ミリアが戻ってくるまでに前線の一匹が動き出したが、ロクサーヌが正面に立って魔物を翻弄《ほんろう》する。

正面を狙う限り魔物の攻撃は当たりそうにない。

四十五階層とか、全然関係ないよな、ロクサーヌにとっては。

まあ四十五階層の魔物でもないけど。

麻痺したままの一匹を、後ろからミリアが攻撃した。

前からベスタに叩かれ、横からルティナに叩かれ、後ろからはミリアに叩かれる。

魔物に同情してしまいそうだ。

セリーも、ロクサーヌが相手しているホワイトキャタピラーを油断なく見すえながら、チャンスを見つけては麻痺したままの魔物に槍《やり》を突き入れている。

こうなってはもうノーチャンスだろう。

「やった、です」

実際ノーチャンスだった。

ホワイトキャタピラーが再度麻痺したところを、全員でボコって終わりにする。

「これならミリアを再びネペンテスに向かわせてもいいか」

「いえ。せっかくなのでネペンテス以外を倒してもらいましょう。ネペンテスは、動くのを待って、私が相手します。四十五階層の魔物がどの程度動けるのか、楽しみですね」

「お、おう」

ロクサーヌがあまりなことを言うので、思わず承諾になってしまったではないか。

まあネペンテスの戦いを見るのも悪くはない。

最初はそれが目的だったわけだし。

しょうがないからやらせればいいだろう。

見せてもらおうか、四十五階層の魔物の性能とやらを。

「ミリアはそっちの魔物を」

「やった、です」

「次は向こうのホワイトキャタピラーですね」

ミリアがロクサーヌの指示で次々と麻痺した魔物を無力化していく。

そして、最初に麻痺して脱落したネペンテスだけが残った。

「何かあるといけないから、ネペンテス以外は始末しておこう。四十五階層からの魔物と戦うのはそのあとでいい」

「分かりました」

ロクサーヌの了解を得て、ネペンテス以外の四匹は始末する。

全体魔法とデュランダルで四匹を始末した。

石化すると魔法に弱くなるのでミリアが石化させたネペンテスも先に倒せるはずだが、そこまではやらない。

計算通りにはうまくいかないかもしれないし、石化したネペンテスを倒すまで全体攻撃魔法を使えば麻痺しているネペンテスの体力も残りわずかになる。

すぐに終わってしまうと満足できない人がいるから。

麻痺したネペンテスのところに全員が集まる。

油断なく囲んだ。

こいつは、一番最初に脱落したのに、まだ麻痺が解けないのか。

四十五階層からの魔物といっても特に麻痺耐性が高いわけではなさそうだ、ということが分かっただけでも収穫といえよう。

全員で囲んで少しすると、ネペンテスが動き始める。

計ったようなタイミングだ。

そして、全員が攻撃を開始したのに、ミリアだけがワンテンポ遅らせたのが見えた。

分かってるじゃないか。

すぐに終わらせたら満足しない人がいるからな。

ベスタなんかは横から遠慮なくベタベタと二刀で叩いているが、早く倒れてしまったらどうしてくれるのかと、本末転倒なことを考えてしまう。

ロクサーヌは、相も変わらずギリギリのところでネペンテスの攻撃をさけておいでだ。

余裕そうだな。

まだまだ四十五階層ごときで満足しそうにはない。

ギリギリに見えて実際にぎりぎり、ということはあるかもしれないが。

あるのだろうか。

俺も、斜め後ろからロッドで殴りかかる。

四十五階層からの魔物がどんなものか、体験しておくのもよいだろう。

「やった、です」

あらら。

ミリアが終わらせてしまった。

まあ、スタートを遅らせたのは見たし、ミリアが悪いわけではない。

よしとしておこう。

「ま、まあ四十五階層からの魔物といってもあれだが、気を抜くことなく戦っていくべきだろう」

こんなことしか言えない。

「はい。四十五階層からの魔物は確実に強くなっていると感じました」

お。

これは好感触。

ついにロクサーヌが認める敵になったか。

「ほう。そうか」

「この分だと五十六階層からの魔物には少し期待できるかもしれません」

「お、おう」

どういうことなの？

四十六階層の間違いじゃないの？

いや。四十六階層だとしてもたいがいだが。

五十六階層からの、と言ったから、五十六階層から登場する次のグループの魔物に思いをはせているのだろう。

もう意識は五十六階層からの魔物に飛んでいるのか。

しかも、少し期待できるかもときたもんだ。

期待できるじゃなくて少し期待できるかも。

我々が死ぬ前にロクサーヌの満足する日が来るのだろうか。

「ええっと。戦えないほどに強いということもないようでよかったです」

セリーよ、今そういう冷静な意見は求めてない。

「やる、です」

「大丈夫だと思います」

君たちの粗雑な意見も求めてない。

「わたくしにはまだよく分かりませんが、やれます」

毒されてる。

毒されているよ、ルティナ。

一緒に日本に帰ろう。

「まだ一度戦っただけだ。これでどうこう言うつもりはない。今日のところは四十五階層で戦うのはこれで終わりだが、明日も少し、明後日はもう少しと、少しずつ戦闘を増やしながら、やっていこう。慎重に見極めていくのがいい」

「うーん。まあそうですか」

おおっと。

ロクサーヌ先生の了承を頂戴した。

無理に我を通すことはないようだ。
別に不満をため込んでいる感じでもない。
まあ四十五階層で戦うことを拒否しているわけではないからな。
これでいいだろう。
その日は、四十四階層のボス戦を周回して終わった。
「今日は帰りに帝都の服屋へ行く。できているだろうからな」
「はい」
ルティナが機嫌よさそうにうなずく。
メイド服のことは言っていない。
どうせ採寸はしたから、作るのに支障はなかった。
絹のエプロンについても同上。
恐る恐る帝都の冒険者ギルドに飛ぶ。
いや。大丈夫。
何も問題はない。
普段通りの平常心で、服屋までは行けたはずだ。
というかメイド服ができあがるのはまだあとなので。
「お待ちしておりました。本日お渡しの分はご用意できております」

こらこら。

余計なことを言うんじゃない。

やばいので、速攻で受け取り、帰った。

「荷物だけ置いたら、夕食の買い物に行こう」

「あ、はい。すぐに片づけますね」

「まだ少しくらいは大丈夫です。ほら。これがエプロンです。私たちのと同じですね」

このまま勢いでごまかそうとするのを、ロクサーヌが阻んだ。

何をごまかそうとしたかは、自分でもよく分からないが。

いずれにしても買い物から帰ったらばれるわけだし。

メイド服はないのだし。

「これは？」

「それは巫女《みこ》の修行用に着る衣装だな。別におかしなものではない。巫女のジョブは全員が得ておいて損はないからな。なにかあったときの保険になる。特に、巫女は魔法使いと同じ後衛職だから、戦闘中の動きや振る舞いも似たところがあるだろう。必要なときにはルティナに巫女をやってもらうことがあるかもしれない。そのための衣装だ。せっかくの機会だから、今回ついでに作っておいてもらったのだ。おかしなものではない」

白装束については問題がない。

ないはずだ。

なんらやましいものではない。

多弁になったりなどしていない。

「そ、そうですか」

「うむ」

言葉を尽くして説明したら、やはり分かってくれたようだ。

「それにしても、貴族のように、新しく仕立てたりするのですか」

ルティナの疑問が変な方向に行っているが、これでそれたか？

微妙にそれてないか。

「せっかくだからな」

「そうですか」

「貴族でなくても、有力者なら新しく作ったりするそうです」

「あくまで修行用だからな。その人にちゃんと合った服を着用するのが本来は望ましい。合わない服の影響でジョブが得られなかったりしては重大な損失だ」

まあそれているかどうかはどうでもいい。

セリーの説明に乗っかって、話をさらに散らそう。

「はい。さすがはご主人様です。ジョブの取得は迷宮での戦闘に直結しますから。戦闘にかける費用を惜しんではいけません。ですから、それは必要な服です」

ロクサーヌもルティナをなだめてくれた。

理屈はおかしいが。

「そうですね。迷宮の討伐に力を惜しむのはいけないことです。分かりました」

「滝行には明日にでも連れて行ってやる」

ルティナも納得したようなので、滝行もさせよう。

その白い服で滝に打たれると。

いやいや。これは巫女のために必要なのだ。

すべてはジョブのため。迷宮探索のため。生きるため。

そう、生きるために必要だ。

「はい。それと、これもエプロンですか」

ルティナが絹のエプロンも手にした。

見なかったことにしたい。

なんと説明すべきか。

「ご主人様の大好きなやつですね。大切な衣装です」

ロクサーヌよ、その言い方はどうなんだ？

確かに大好きだが。

「これがですか」

「はい。それはキッチンではなく寝室で着ます」

それ以上いけない。

「……そろそろ買い物に」

「寝室用だから絹でできているんですね」

「着心地はいいですよ」

無視された。

みんながルティナの衣装に注目している。

「悪い服ではないですね。ちょっとあれですけど」

セリーよ、ちょっとあれとはどうあれなのか。

言わなくていいが。

「きる、です」

ナイスアイデア。

さすがはミリア。

「そうですね。はい。今夜にでも着てみるのがよいと思います」

うむ。

ナイスだ、ロクサーヌ。

むしろ今夜じゃなくて今すぐがいいまである。

いや。買い物か。

「大丈夫だと思います」

「そうですね。分かりました」

何が分かったのか分からないが、了承は得られたらしい。

「では買い物に行くか」

「はい、です」

この返事からも分かるとおり、夕飯には魚を食べた。

ちょくちょく魚を出さないと、上の階層に進まないと魚が食べられないのではないかとミリアが変な誤解をしてしまう恐れもあるからな。

このまま四十四階層にとどまったほうが魚を食べれるのではないかと邪推するくらいがちょうどいい。

上の階層に進んだら魚を出す頻度を減らすまである。

いや、それはさすがに反乱が起きかねないのでやらないが。

魚一つで反乱を起こす部下。

しかし実際やりかねない。

魚を出してご機嫌を取っておこう。

「次はルティナもこっちへ来い」

「はい。お願いします」

　夕食のあとは、まず風呂に入る。

　連日のことですっかり慣れたのか、ルティナもその白磁のような美しい肌を惜しげもなくさらすようになっていた。

　恥ずかしがるのもいいが、綺麗《きれい》な肌をじっくり見れるのもいい。

　石鹼《せっけん》で隅々まで洗いながら、直近からルティナの白く優美な肌を穴が開くほど見つめ、かぐわしい匂いを吸い込み、手のひらでなめるようにまさぐる。

　時には抱きしめ、時には口づけをし、時に足を絡めることも忘れない。

　美しさもよし、滑らかさもよし、柔らかさもよしの美肌を堪能した。

　ロクサーヌから始まって五人全員の体を洗うのは大変だが、ご褒美でしかないよな。

　しかも、洗ったあとにはお返しに洗ってもらえるのだ。

「おお」

　そして最後にお湯で石鹼を洗い流すと、思わず声が出てしまった。

　輝かんばかりの美しい肌が姿を現す。

　白い芸術、生命の神秘、官能の源泉だ。

「……お湯に入ってもよろしいのでしょうか」

おおっと。つい見とれてしまった。

いや。そんなに長い時間見続けていたはずはない。

ゼロコンマ何秒というところだろう。

これだけ綺麗な肌を持っているのだ。

見とれてしまったのはしょうがない。

ルティナのほうも、その分視線に敏感になっているのかもしれない。

もし長時間見ていたとしても、せいぜい一秒とか二秒とか、そんなものだったはずだ。

三秒とか五秒とかなら、見ほうけている間に時が過ぎ去るということもあるいはあるかもしれないが、さすがに十秒とか、そういうことはないはずだ。

ないよね？

ひょっとして、長い時間停止していたのだろうか。

俺が湯船に入ると、ロクサーヌたちも入ってくる。

今日一日の疲れをお湯に溶かしながら、新たな心地よい疲れへの希望が広まった。

生きる希望、明日への希望だ。

温かなお湯の中で、暖かな希望が満ち満ちてくる。

風呂場の炎が揺れ、水面が揺れた。

ロクサーヌ、セリー、ミリア、ベスタ、ルティナの肌も揺れる。

蠟燭《ろうそく》の光と揺れる水面とが織りなすダブルファンタジー。

ダメだ。

こんなところにいられるか。俺は寝室に戻るぞ。

我慢できん。

「ふぃー。気持ちいいよなあ」

「はい」

「気持ちよすぎてのぼせてしまいそうだ。そろそろ上がって、寝室に行くか」

「はい。ご主人様は先に寝室へ行って、待っていてください」

がーん。

なるべく自然を装って提案してみたが、断られてしまった。

寝室と言ってしまったのがいけなかったか。

下心丸出しで。

隠しきれない下心。

「お、おう」

「今日そろった衣装を着ていきますので」

「お。おお」

ロクサーヌが甘くささやいてくれる。

あれか。
あれなのか。
あれで間違いないのか。
いそいそと寝室に戻り、ベッドで待った。
「失礼します」
「おう、いいぞ。入れ」
「はい」
準備にさほど時間はかからず、みんなもすぐに寝室にやってくる。
ロクサーヌを先頭に、隙なく布で体を覆った一団が入ってきた。
確かに、大事なところはすべて隠れている。
清楚《せいそ》な布が覆っている。
間違いなかった。
絹のエプロンが覆う。
ひらひらのフリルが隠す。
薄皮一枚ですべてが神秘となる魅惑のベール。
白い布が想像をかき立てる幻想の泉。
包み込まれた体をいやがおうにも想像させる着衣のエロス。

その紙のごとき防御力が破壊本能をここぞとばかりに刺激した。
剝《む》きたい。
卵の殻のように、ブドウの皮のように、薄皮を剝きたい。
そして中身にしゃぶりつく。
吸って、なめて、味わう。
その美味を堪能したい。
貪《むさぼ》りつくしたい。
「……うむ。素晴らしいぞ、ロクサーヌ」
「はい。ありがとうございます」
これが裸エプロンの破壊力か。
ロクサーヌを筆頭に、セリー、ミリアも素晴らしい。
そして、ベスタ。
体が大きいのに布一枚なの、反則じゃね？
隠すの無理じゃね？
めくりたい。
味わいたい。
大丈夫じゃないと思います。

そしてもちろん、ルティナ。

輝いているように感じるのは、肌の高貴さか、絹の光沢か。

素晴らしい。

無事、着てくれたんだ。

「ええっと。なにか、ご出身地のほうでは親愛の情を示すのにこうされるとか」

「そうだな」

ロクサーヌにそんなことを教えたような気がする。

裸エプロンといえば新妻。

新妻といえば親愛。

親愛といえば悦楽だ。

「少し恥ずかしいのですが」

「大丈夫だ」

ここで襲いかからなかった俺を褒めてほしい。

順番は大切だ。

まずはロクサーヌを抱き寄せ、白桃のように、その甘い薄皮を楽しむ。

薄皮を攻め、ゆっくりと剝《は》いでいく愉悦《ゆえつ》に浸る。

なにもあわてる必要はない。

ゆっくりと、じっくりと、順番を回していけばいい。

色魔をつければ、それだけで十分。

十分だ。

武蔵の国の住人、加賀五郎道夫が鍛えし業物《わざもの》。

俺には生涯てめえという、強い味方があったのだ。

こうして、ゆっくりと二巡する。

ルティナまで、二巡、じっくりと完走した。

もちろん、今宵《こよい》を限り、なんてことにはなるはずもない。

別れ別れにはならない。

むしろ、しっかりと結びついただろう。

結びついた翌朝も迷宮に入る。

「ちょうどよさそうな数多めの魔物が近くにいますが、どうしますか?」

ロクサーヌは相変わらず戦闘と強く結びついているな。

四十四階層のボス戦を終えたら、いきなりこれだ。

ちょうどよさそうな数多めってなんだよ。

数は少ないくらいがちょうどいいだろう。

「まだ昨日の今日だからな。ゆっくりでいいだろう。まだあわてるような時間じゃない」

ロクサーヌを諭して、四十四階層に戻った。
「さっきの魔物が近づいていますね。ここはチャンスです」
というのに、ボス戦を終えて一周してきたらこれだよ。
どっかのパーティーが倒しとけよ。
手間なんだから。
今回は、どうしますか、ですらない。
ロクサーヌがキラキラした目で見つめてくる。
いや。ぎらついた目というべきか。
ここでノーというような腰抜けは生かしておけないという強い意志を感じる。
「そ、そうだな」
だからこう答えるしかないわけじゃん。
お放しくだされ、セリー殿。いま一太刀。
「はい」
ロクサーヌがうっきうきで先頭を進んだ。
そのあとをついていくと、魔物が見えてくる。
はい。六匹です。
よさそうな数多めとは。

まあ六匹なのは分かっていたが。

しかしネペンテス数多くないですか。

とりあえず雷魔法を連打してから確認すると、四匹がネペンテスだ。

よさそうな数多めとはこのことだったのか。

「やった、です」

その後、四十五階層の魔物との激闘を、主にミリアの活躍で、制した。

やっぱ大変だよ。

「結構な難戦だったな。四十五階層はまだ少し早いか？」

「いいえ、そんなことはありません。ご主人様の魔法の力もあって、軽く蹴散らせてしまいました。さすがはご主人様です」

ロクサーヌには四十五階層の敵ですらまだまだ物足りないようだ。

「そうですね。苦戦というほどではないでしょう。安全にかかわるような事故は起きないと思います」

セリーもそっち側なのか。

まあ確かに、冷徹に見ればそれほど苦戦はしていないかもしれないが。

しかし少しはこちら側に歩み寄ってくれてもいいのよ。

「やる、です」

「大丈夫だと思います」

あ、はい。

セリーでさえそうならなあ。

この二人には期待していない。

「まだまだ入ったばかりで初心者のわたくしですが、このくらいの戦闘なら十分にやっていけるでしょう。なによりも迷宮討伐のために必要です。こなしてみせます。気を使っていただかなくても、わたくしならば大丈夫です」

ルティナはルティナで大概だ。

この世界の人はこれが標準なんだろうか。

こちらにも気を使っていただきたいものだ。

「そ、そうか。では、慎重に、少しずつ、四十五階層でも戦っていくとしよう」

答えを出す前に、ワープを出しながら切り上げた。

どうにも分が悪いようだ。

「はい。次が楽しみですね」

おいおい。

慎重に、と言っただろうが。

用心深く、入念に、強い警戒心を持って、ということだぞ。

石橋を叩いて渡らないくらいの慎重さが求められよう。

こうして、四十四階層に戻って戦う。

次にボス部屋を抜けて四十五階層に出てもロクサーヌは何も言わなかったので、近くに魔物がいないのだろう。

慎重になっている、ということはないと思う。

ロクサーヌだし。

四十五階層入り口付近の魔物は、さっき倒した。

倒したからいなくなったということだろう。

この手は使えるな。

四十五階層は入り口付近にしか行かないから、倒せばしばらく出なくなる。

ほかの探索者が四十五階層に入って倒してくれてもいい。

入り口付近なら倒していくことも多いだろう。

悟空、早く来てくれ。

これで安泰だ。

早朝のうちには、再度四十五階層で戦うことなく、家に戻った。

「あ」

「ルーク氏からの伝言ですね。ヤギのスキル結晶を競り落としたと書いてあります」

家に帰ると、ルークからのメモがドアの隙間に置いてある。

ロクサーヌが拾い上げると、ヤギのスキル結晶を落札したらしい。

ヤギか。

武器に融合すると知力二倍のスキルがつくな。

コボルトのスキル結晶はストックがあるのですぐに作れる。

「朝食を終えたら行ってこよう」

「はい」

朝食は、一品作って支度に参加し、食事のあと、商人ギルドへ赴いた。

ルークを呼び出してもらう。

「ミチオ様、お待ちしておりました」

「おう。ヤギのスキル結晶を落札できたとか」

「はい。こちらに」

「うむ」

ものもちゃんとしたものだ。

ルークからヤギのスキル結晶を購入した。

「あと、ハルツ公爵様から、一人でいいから一度顔を出すように、との伝言を言付かっております」

しかし余分なものが。

ハルツ公爵から呼び出しか。

まあ、ルティナがちゃんとやっていけているかどうかの確認もあるのだろう。

一人でいいというのは、ルティナは連れてこなくてもいいという意味だ。

ルークがその意味を正しく知っているかどうかは知らないが。

「分かった」

ものと伝言を受け取って、家に帰る。

家に帰ると、セリーを呼んだ。

「融合ですか？」

「そうだな。これを頼む」

ルークに呼び出されたのだから、融合するというくらいは分かるか。

話が早くて助かる。

ヤギのスキル結晶、コボルトのスキル結晶にイアリングを渡した。

「イアリングですか？」

「知力二倍はアクセサリーにつけても問題ないよな」

「はい」

イアリングは、店売りの中では十分にいいアクセサリー装備だ。

帝国解放会ロッジの店とかで粘ればもっといいアクセサリーがあるのかもしれないが、まあそれを待つこともない。

ヤギのスキル結晶を入手できるのが今回限りということもないし。

あるもので作っておけばいいだろう。

イアリングにはスキルスロットが最大で三つある。

知力二倍はアクセサリーにつけても効果があるそうなので、まずはこれをつける。

そうすれば、特定の武器に頼った戦いをしなくてすむ。今後いい武器にステップアップしていくことを考えれば心強いし、俺の場合はデュランダルがある。デュランダルを出したときにも知力二倍が乗るのは大きいだろう。

現状ではアクセサリー装備として身代わりのミサンガをつけているから、身代わりのスキルをイアリングにつける必要もある。

スキルが発動した場合、装備品が壊れてしまうから非常にもったいないが、まあしょうがない。

背に腹は代えられない。

身代わりのミサンガが壊れたことは今まで一度もないし、払うべきリスクだろう。

ここでセリーに芋虫のスキル結晶を一緒に渡して、こんなこともあろうかと、と言えればよかったのだろうが、もちろん持っていない。

持っているはずもない。

芋虫のスキル結晶は購入したそばから身代わりのミサンガに加工してもらっている。

何か出物があったとき帝国解放会のロッジで売却できるらしいし。

ストックしておくべきだろう。

だから、今回は知力二倍のみつけてもらう。

後日身代わりのスキルを追加しても、空きのスキルスロットは三つあるので、さらにはダメージ逓増のスキルをつけることも可能だ。

十分だろう。

「イアリングを俺が着けても問題ないよな？」

「そうですね。身代わりのミサンガを持っているなら、アクセサリーはそれを着けることが多いとは思いますが」

「まあそれはしょうがない」

日本にいるときの俺がイアリングなんか着けたら鼻で笑われそうだが、この世界ではそんなこともないようだ。

セリーたちも、そこに疑問を感じている様子はない。

「使い捨てになることを恐れてミサンガを使うことがほとんどですが、アクセサリーには魔法攻撃に対する防御力を上げる効果があり、イアリングなどのより良い装備品のほうが効果も強いようです」

「なるほど」

「では、行きます」

セリーがスキル結晶を融合した。

手元が光り、それが薄れていくとひもろぎのイアリングが残っている。

ひもろぎのイアリング　アクセサリー
スキル　知力二倍　空き　空き

「おお。成功だな。さすがセリーだ」

「ありがとうございます」

無事、知力二倍がついた。

これで戦力もアップできるだろう。

「では片づけがすんだら試しに使ってみるか」

「はい。もう大丈夫です」

何の気なしに軽く今後のことを言ったら、ロクサーヌが食いついてきた。

散歩に連れて行くときの犬のような素早さだな。

そこまで迷宮での戦いが楽しみか。

まあ楽しみなのだろうけども。

「そ、そうか。では迷宮に入るとしよう」

「はい」

全員でクーラタルの迷宮四十四階層に行く。

「ルティナ、武器を交換しよう」

何度か試してみたが、ひもろぎのロッドとひもろぎのイアリングのスキル効果が重複することはやはりなかったようだ。

セリーの説明通りだ。

知力二倍が二個で四倍になればよかったのに。

スキルが効かないなら、聖槍《せいそう》のほうがいい武器だ。

「は、はい。それはかなりいい武器のように思われますが」

「まあ悪くはない武器だが、使わない手はない」

「そうですね。わたくしも迷宮討伐のためにがんばります」

そういえば、ひもろぎのロッドでも貴族令嬢が結納品として手に入れるくらいの価値はあるのだったか。

「うむ。ルティナにはしばらくこの杖《つえ》を貸与する。励めよ」

「はいっ。ありがとうございます」

ルティナが感服の面持ちでひもろぎのロッドを受け取った。

結納品になるくらいだからと威厳を出そうとしてみたら、これだよ。

ちょっと効力ありすぎじゃね。

こうかはばつぐんだ。

「で、では。ロクサーヌ、次を頼む」

「はい。こちらですね」

「おう」

武器を換えて戦ってみた。

やはり武器そのものの性能は聖槍のほうが高い。

ちょっと楽になったな。

もともと四十四階層では苦戦ということもなかったから、それを考えれば結構楽か。

いや。違う。

騙《だま》されてはいけない。

四十四階層に慣れただけだ。

思考を間違ってはいけない。

流されてはいけない。

常に危機意識をもって戦わなければならない。

迷宮は危険なところだ。

「やった、です」

まあボスのほうは、俺の武器に関係なく、ミリアが無力化してくれる。

ここまで安定して戦えるのはミリアのおかげだよな。

やはり武器は関係なかった。

楽になったような気がしたが、慣れただけだな。

「さすがはご主人様ですね。少し装備を換えただけで、四十四階層の魔物など赤子の手をひねるように簡単になりました」

楽になったような気がした人がほかにもいたらしい。

しかし、赤子の手をひねるは誇張表現だよな?

いくらなんでも無理がある。

そこまで楽じゃないぞ。

「いや。油断は禁物だ、ロクサーヌ。勝っているときこそ、調子に乗らず慎重に行こう」

「はい」

大丈夫なんだろうか。

だいたい、ロクサーヌの目から見たら、今までも楽ではなかったのだろうか。

実は本心では苦戦していたとか。

それはないか。

今までは子どもの相手をするくらいな感じだったのに、聖槍になったことで赤ん坊を相手にするくらいになったとか。

赤子の手をひねるは誇張表現ではなかった。

悲報。

文字通りの意味だった件について。

「増長はよくないですが、確かに楽になったことは事実だと思います」

くっ。

セリーの冷徹な意見が俺を苦しめる。

確かに楽になったような気はしたけども。

「やる、です」

「大丈夫だと思います」

「確かに楽になったと思います」

ルティナの場合は確実に慣れだって。

とは大きな声では反論しにくい。

俺は空気の読める人間なので。

「う、うむ。だが今は身代わりのミサンガを着けていない状況なのでな。万が一があっても困る。ここは慎重を期したい」

そうなんだよ。

今の俺に身代わりのミサンガはない。

やはりここは四十四階層に引きこもっておくべきではないだろうか。

「そうですか」

不満そうだな、ロクサーヌよ。

おまえ、主人を守れないのは恥だとか言ってなかったか。

その気持ちはどこへ行った。

今もあるのか。

いや。その当時から本当にあったのか？

「うむ」

「四十五階層の魔物ごときではご主人様に対して万が一もないと思いますが」

何かあってからでは遅いのだ、ということを分かってほしい。

四十五階層の魔物から程度では守る価値もないということだろうか。

「まあ芋虫のスキル結晶もすぐに手に入ることだろう。それまでは少しずつ四十五階層での戦いを増やしていけばいい」

なんかこう、ずるずると妥協を重ねさせられているような気がする。

「なるほど。上に行くのはそれからですね」

いや。上に行くとは言ってないからな。

あくまでも四十五階層。四十五階層での戦いだ。

「それは、その時々の状況を判断してだな」

「はい。もちろん状況を判断してです」

どんな状況だろうが楽勝だと判断してしまう人の意見を参考にしたくはないぞ。

「では、四十四階層に戻るか」

「いえ。近くにいい魔物が沸いたようです。ついでですから倒していきましょう」

おい、ほかのパーティーは何をやっていた。

倒していってくれよ。

こちらの返事を聞く前に、ロクサーヌがずんずんと奥に進んでいく。

無視か。

慎重を期すと言っただろうが。

慎重を期して魔物を殲滅《せんめつ》する、という判断なんだろうか。

言葉が難しい。

ロクサーヌには通じない。

何が、どうなれば、こうなった。

仕方なくロクサーヌについていくと、魔物四匹の群れが現れる。

なんや、少ないやんけ。


「やった、です」

少ない魔物相手に魔法を重ねていき、さらにミリアの一撃でけりがついた。

「やはり四匹程度では問題にもなりませんでしたね。万が一が起こりうるのは魔物の団体がいくつも重なってからでしょう。しかしご主人様が魔法を重ねておられる限り、そんなことにはなりようがありません。ルティナもいますし」

いや。考えてみれば四匹でも十分多いからね。

まあ十分とはいわなくても、それなりには。

俺もロクサーヌに毒されてきた。

四匹でも少ないと思ってしまった。

不覚。

「では、四十四階層に」

「はい」

今度は無事了承してくれた。

その後も、四十四階層のボス戦と四十五階層での戦いを繰り返す。

慎重に、とはなんだったのか。

四十五階層のボス戦には進まないのがせめてもの救いか。

その日は一日中、翌日の早朝もそんな感じだった。

「ハルツ公から呼び出しがかかっているので、行ってくる」

朝食のあとでハルツ公爵の呼び出しに応じる。

「はい。行ってらっしゃいませ」

「一人でいいと言われているが、ルティナも来るか？」

「いいえ。あの男はわたくしにとって一応父の仇《かたき》ですので」

「そうか」

ルティナにも一応声はかけたが、行かないらしい。

一人でボーデへと飛んだ。

「奥におられます」

相変わらずのずさんな対応で通される。

大丈夫なんだろうか。

ルティナは親の仇だと言っていたぞ。

俺は関係ないけど。

執務室の前まで来てノックした。

「誰だ？」

「ミチオです」

「おお、ミチオ殿。よく来られた」

ゴスラーの誰何《すいか》を受けて中に入る。

ゴスラーがいるなら一安心だ。

ハルツ公爵もむちゃは言ってこないだろう。

「かけられよ」

「はっ」

「それでは私は」

勧められるままソファーに座ると、ゴスラーが立ち去ろうとした。

いなくなるのかよ。

「ゴスラーよ、よいではないか」

「いえ。私は」

「まあよいではないか」

公爵が引き止める。

結構強引に。

なんかやばい話なんだろうか。

ゴスラーも逃げ出したくなるほどの。

「カッサンドラ様のお話ですよね？　私もあの方は苦手ですので」

やっぱりそうだった。

ゴスラーも嫌がる話を、これからこの公爵はするらしい。

俺も立ち去りたくなった。

「では俺も」

「いやいや、ミチオ殿。ここまで来て聞かなかったでは帰れんぞ」

「ミチオ殿は聞いておいたほうがいいと思います」

俺も抜けようとしたら、二人に止められる。

ゴスラーは逃げようとしてたじゃないか。

「ミチオ殿がボーデに来られたことは、すぐにカッサンドラの耳にも入ろう。それなのに出頭しなかったとなればどうなるか。ミチオ殿にはぜひ同行願いたい」

出頭とか。

穏やかならぬ要件を公爵が切り出した。

「カッサンドラ様というのは、エルフである我ら一族にとって長老ともいうべきお方で、なかなか我らごときでは抵抗もできぬのです」

ゴスラーがカッサンドラという人について説明してくれる。

エルフの長老格に当たるらしい。

だから、今日俺が来たという情報もその人に筒抜けと。

それでいいのか、ハルツ公爵家の防諜《ぼうちょう》体制。

「はあ」

「当然、ルティナにとってもカッサンドラは長老ということになる。それどころかカシアたちの一族からすれば一族の首領《ドン》というところでな。カッサンドラからすればルティナも一族の一員ということになる。それで、ミチオ殿を連れてこいという話になったのだ」

「な、るほど」

明らかにヤバげなことじゃないですか。

おまえ、うちの一族の娘に何してくれとんのかという話じゃないですか。

奥歯がたがた言わせたろかい、って言われるやつじゃないですか。

「まあ大丈夫だ。何も取って食おうという話ではない、だろう、多分」

今多分ってつけたよ、最後に。

「そういう話ではないでしょう。私は行けませんが」

ゴスラーを見ると、死んだような目で返される。

行けない、じゃなくて単に行きたくないだけだろう。

「いや、ゴスラーが案内してくれれば」

「私は帝都のほうに用事が」

「そっちは余がやっておこう」

「いえいえ、あのような雑事など。では私はカシア様を呼んでまいります」

押し付けあうなよ。

ゴスラーは逃げるようにして出て行った。

「まあとにかくあれだ。何も心配することはない」

「はあ」

「余よりもひどいことをされることはないだろう」

残された公爵の目も完全に死んでいる。

何をされたのだろうか。

まあ、公爵はもっとひどい目にあっていいと思うよ。

「どのような話になるので？」

「なに、ただの挨拶《あいさつ》だ、挨拶。ミチオ殿はルティナの所有者になった。そこが覆ることはない。セルマー伯を廃した余の判断に異見を述べさせるつもりはない」

公爵が胸を張った。

精いっぱい虚勢を張っているというべきか、自分に言い聞かせているというべきか。

「ただの挨拶ならゴスラーが逃げることもないのでは」

「あれは小心者だからな。余は逃げるつもりはない」

「ただの挨拶なら恐れることもないのでは」

「だ、誰も恐れて怯《おび》えてなどおらぬであろう」

怯えているらしい。

伯爵令嬢のルティナを奴隷に落としたのはやはりまずかったのではないだろうか。

セルマー伯は没落したかもしれないが、親族が文句を言ってくるとは。

「これはミチオ様、ようこそいらっしゃいました」

悩んでいるところに、カシアがやってきた。

後ろにゴスラーがいる。

ゴスラーが呼んできたのだろう。

「では、私はこれで」

「……」

「えーと。今回はミチオ殿の係累の話ですので」

逃げるのかという目線をゴスラーに向けたが、言い訳を残して去っていった。

やはり恐れているようだ。

ゴスラーめ。

苦労人の存在価値は苦労してこそだろうに。

ちなみに、公爵もジト目でゴスラーの背中を追っている。

公爵よ、よくやった。

褒美としてゴスラーに迷惑をかける権利をやろう。

「ミチオ様、わたくしども一族の女性たちの長が、ルティナを手に入れたミチオ様にぜひ一度会ってみたいと仰せです。一度面談していただくことは可能でしょうか？」

カシアを見ろ。

この丁寧で物腰柔らかな誘い方を。

これなら断らないだろう。

そもそも、カシアから言われたのでは断れないが。

「面会ですか」

「別に何も心配することはありません。優しいお婆様ですので」

横の公爵がカシアからは見えないところで首を小さく横に振っている。

身内には優しい、ということなんだろうか。

その長が、エルフの長なのか一族の長なのか女性の長なのか、よく分からない。

一族がどこからどこまでを指すのか知らないので、公爵が一族に入るのかどうかも分からない。

一族に優しくて公爵も一族に入るなら、公爵やゴスラーにも優しいだろう。

一族の女性の長で女性には優しいということだろうか。

カシアに優しくて公爵には厳しいなら、多分俺にも厳しいだろう。

「長に会うならルティナも連れてきたほうがいいのでは？」

「はい。ミチオ様にはぜひそれをお願いしたかったのです」

断るつもりで言い訳を探したら、渡りに船と肯定されてしまった。

ルティナを連れてこいという話なのか。

「あー」

「変に里心がつきかねないことで申し訳なく思いますが、もちろんルティナにそんなことはさせません。これはカッサンドラお婆様も承知のことです」

一族の長から支援を受けられるなら、ルティナが反旗を翻すことも可能なのか。

やるかどうかは知らないが。

というか、その前に狙うべきは親の仇じゃね。

「うーん。まあ連れてくるのはいいかもしれないが、彼女にとってここは親の仇の住む地になるのでは？」

「いいえ。ここではなく、カッサンドラお婆様のところへ直接行ってもらえればかまいま

せん。わたくしも別にお婆様のところへ赴きますから。向こうで落ち合いましょう」

この逃げ道も塞いできたか。

「なるほど」

「大丈夫だ。ちょっと行って、ちょっと挨拶してくればいい。ただそれだけだ。がんばって行ってくるといい」

公爵が俺の肩をたたく。

どうやら生け贄《にえ》は俺一人らしい。

さっきは逃げるつもりはないと言っていたのに。

いや。ただの挨拶だ。挨拶。

「公爵は来ないので？」

「ルティナも行くのなら、余は遠慮しておこう。親の仇だからな。いやあ、残念だ。行きたかったのに残念だ。残念で仕方がない」

公爵がにやりと破願した。

腹立つな。

「長には、公爵は城で暇そうにしていたと伝えておくか」

「そうですね。カッサンドラお婆様には、本人が行けなくて残念だと言っていたと伝えておきましょう。すぐにも呼んでくれると思います」

「なるほど。ついでに、ゴスラーも城で暇そうにしていたと伝えるべきか」

カシアが乗ってきてくれたので、ゴスラーにも罪を負わせる。

やつもまたギルティだろう。

「何を言う。ゴスラーはともかく、余はいそが」

「別にありのままを報告すれば」

「余ももちろん行こうではないか」

忙しいと言い切る前にボソッとつぶやくと、あわてて発言を変更する。

公爵の弱点を見つけた。

もっとも、俺にとっても弱点となりかねないが。

「行かなかったのではないのですか」

「ほかならぬミチオ殿やカシアのためだ。余が労を取るよりあるまい」

「単なる顔見世程度なので、そこまでしていただくこともありませんが」

「だ、大丈夫だ」

公爵がカシアに突っ込まれている。

美人の妻の一族の長なのだから、邪険にすることはないのだ。

「冒険者の者が先にロビーに行っているので、そこでミチオ様にもパーティーに入ってもらって、カッサンドラお婆様の居城に案内させていただきます。まいりましょうか」

「はい」

カシアに続いてロビーへと赴いた。

公爵が後ろから恨みがましい目で俺をにらんでいるような気がしないでもないが、気にしない。

恨みは逃げ出したゴスラーにこそぶつけるべきだろう。

「せめてゴスラーは暇なのに来なかったと注進しておこう」

そうそう。

それでいいんだよ、それで。

「私がどうかしましたか？」

「のわっと」

ロビーに行くと、ゴスラーがいた。

公爵が驚いている。

「これより、ミチオ様をカッサンドラお婆様の居城に案内するのです」

「そうですか」

カシアが対応すると、ゴスラーは憐《あわ》れみを含んだ目で俺を見てきた。

含んでいる。

含んでいるような気がする。

だがおまえとて無傷では済まんのだぞ。

「長に会ったら、来なかった誰それは逃げた、と真実を告げるべきかどうかの話を公爵としていたところだ」

「なっ」

事実を教えてやった。

このように長にも真実を告げればいい。

ただそれだけでいい。

「では、冒険者に案内してもらいます。一度カッサンドラお婆様の居城に行って覚えてもらい、明日の朝、ルティナを連れてきていただくということでよろしいですね？」

カシアは、我関せずと淡々と説明してくる。

「明日の朝ですか」

「はい。早いほうがよろしいでしょう」

「軽い挨拶ですぐに終わるからな。じっくりと時間をとって挨拶したいなら、晩餐《ばんさん》にでも招待してもらうことになるが」

「すぐ行きましょう。明日の朝、行きましょう。なんならこれから行きましょう」

「であろう」

公爵が腹立たしい。

明日は絶対にチクってやる。

「そんなことはしないと信じておりますぞ」

ゴスラーが何か言っているが、無視して冒険者のパーティーに入った。

「まあ部下思いの余はそんなことはしないがな」

「信じておりますぞ」

「分かっておる」

公爵は、余は行きたかったのにゴスラーが、とか長を前にしたら言い逃れしそうだ。

俺もこの作戦でいこう。

「ミチオ殿も信じておりますぞ」

君はいいやつであったが君の上司がいけないのだよ。

「それでは、明日の朝はお願いします。向こうで落ち合いましょう」

「分かりました」

「信じておりますぞ」

ゴスラーの叫びをスルーしつつ、ボーデをあとにした。

第五十八章　一族の長

セリー

現時点のレベル&装備

鍛冶師　*Lv44*

装備　強権の鋼鉄槍
チェインメイル
硬革の帽子
硬革のグローブ
硬革の靴
身代わりのミサンガ

「なんとかサンドラとかいう人が俺やルティナに会いたいそうだ。明日の朝出かけるから
そのつもりでいてくれ」

家に帰り、ルティナに事情を説明した。

「カッサンドラおばば様ですか」

「そうそう」

ルティナもすぐに誰か分かったようだ。

一族の有名な人なんだろう。

まあ長と言っていたしな。

「苦手なのですが」

あまり苦手というふうでもなく、ルティナが告げる。

「そうなのか？」

「はい。少し」

「一族の者には優しいと言っていたが」

「わたくしのところは迷宮討伐が進んでおりませんでしたので」

なるほど。

ルティナの父は迷宮討伐が進んでいないとの理由で排除されたのだった。

一族の長なら、かなりこうるさく言っただろう。

優しければ優しいほど、心配に思えば思うほど、余計に。

逆の立場から言えば、小言を浴びせられたと。

「そうか」

「いいえ。今になって思えば、心からの忠告だったのでしょうし、わたくしにもっと力がありましたら」

まあ苦手になるのは分かる。

忠言は耳に逆らう。

「そうすると、ルティナは行きたくないか？」

「いえ。行きましょう。行かなければ何と言われるか」

まあ、あるあるだよな。

行けば行ったで小言を言われ、行かなければ行かないで小言を言われる。

義実家に呼ばれた嫁のようなものだな。

引くも地獄進むも地獄。

苦手にもなるわ。

「公爵やカシアも別ルートから行くみたいだが、大丈夫か？」

「ハルツ公、親の仇《かたき》。丸腰でのこのこ目の前に現れたら」

「それは俺がいないところで頼む」

公爵とは顔を合わせるのも嫌かと思ったが、親の仇を討つ機会と考えれば、会うこともありか。

復讐《ふくしゅう》するは我にあり。

まあ公爵も丸腰では来ないだろう。

ご主人様どいてそいつ殺せない、とか、ルティナから言われたい言葉のトップファイブには入るよな。

入るかよ。

言われてもうれしくねえよ。

大丈夫なんだろうか。

まあ、日本の江戸時代ほど仇討ちが活発ではなくても、この世界も結構殺伐としている。

親の仇を討てばルティナのほうが同情を集めそうではある。

後片づけや掃除が終わり会話を聞いているロクサーヌやセリーも何も言ってこないし。

「大丈夫です。復讐は帝国法で認められた権利ですから」

違った。

セリーからは的確な助言をいただいてしまった。

そっち方面なら全然大丈夫じゃないだろ。

「まあ、明日だ」
「はい」
本当に大丈夫なんだろうか。
少しく不安を覚えながらも、突き詰めてもしょうがないので、迷宮に入る。
その日の作業を淡々とこなした。
翌朝、食事前も迷宮に入る。
俺が身代わりのミサンガを着けていないせいか、ロクサーヌもむちゃは言ってこない。
と思ったが、昨日より四十五階層の敵へ案内する頻度が上がってないか？
気のせいか？
本当に少しずつ増やしていくつもりなんだろうか。
悟空、早く来てくれ。
何待ちかは分からんけど。
なんとか、早朝の探索を終える。
まあなんとかというか、特に命の危機を感じることはなかったが。
もう四十五階層でいいか、と思い始めている自分がいる。
これがロクサーヌに騙《だま》されるということか。
いかん。

いかんぞお。

自分を強く持て。

決して流されてはいけない。

騙されてはいけない。

これは罠《わな》だ。

そんなことは無理だ。

「それでは、ルティナ、行くか」

「はい」

「行ってらっしゃいませ」

朝食の後、ルティナを連れ長の居城へと飛んだ。

昨日も来た、どこの城か屋敷かという立派なロビーだ。

シャンデリアとか回り階段とかがありそうな。

ないけどな。

そういう世界ではないのだろう。

いずれにしても立派なロビーだ。まあ、ルティナたち一族の長というくらいだから、城か屋敷であることは当然か。

おそらくは貴族か、貴族の娘でどこかの有力者に降嫁《こうか》したとしても相当なお金持ちで、没落でもしない限りは屋敷持ちだろうからな。

一族の長になるくらいだから、なんなら自らの才覚で没落した嫁ぎ先を立て直し領内一の有力商人にしたまである。

有力商人なので人を見る目は確かで、ルティナの所有者となった男を見てみたいとか。

怖すぎる。

いや、大丈夫。

大丈夫だ。

軽い挨拶《あいさつ》で終わるなら、問題ないだろう。

本当に軽い挨拶ですむかどうかは別にして。

ルティナも一緒なんだから、俺だけどうこうしようという話ではないはずだ。

ルティナが、この男はどうしようもありません、とか証言しない限り。

大丈夫なんだろうか。

いや、大丈夫だ。

ひどい扱いはしていない。

俺を呼び出すというのは、せいぜい、ルティナをいてこました男はどんなタマか見てやろやないかい、というところだろう。

しょうもないやつやったらタマ取ったるで、までありうるが。

ま、まあ、カシアや公爵も来る。

大丈夫だろう。

まだ来ていないが。

ロビーのこちら側には俺たちしかいない。

奥の扉側にいる門番か受付かみたいな人が、不審者を見るような目つきで見てくるのがきつい。

俺は昨日も来たし、ルティナのことは知っていてもおかしくなさそうなのに。

あるいは、知っていて、こいつが、ということだろうか。

なんにせよ沈黙は耐え難い。

「本日面会の予定があるミチオという者だが」

奥の者に話しかけた。

いや、だって、何もしないで待つわけにもいかないじゃん。

見られてるのに。

「はい。そうですか。ではこちらへどうぞ」

あ。こいつ知ってやがった。

ルティナや俺のことを知っていて、その上で、ジロジロと圧力をかけるようににらんできていやがったんだな。

でなければ、面会を希望したくらいであっさり通すわけがない。

そんなガバガバの受付はハルツ公爵のところだけで十分だ。

ロビーでカシアを待つのが正解だったか。

公爵は、どうでもいい。

というか、公爵が来るのを待ってルティナと鉢合わせしたらまずいかもしれない。

なら行くのが正解か。

「じゃあ、行くか」

「はい」

受付の兵についていく。

よく分からない通路をたどって、大きな扉の前に到着した。

「カッサンドラ様に面会の者が来ています」

「お通しせよ」

「はっ。どうぞ」

受付の兵が扉をノックし、向こうの人と話して、押し開ける。

中に入るが、こぢんまりとした小部屋だ。

「カッサンドラ様に面会だ」

「はっ」

奥で、さらに別の人が話を通している。

もうワンクッションあるのか。

まあこれが普通だよな。

公爵のところがおかしい。

「こちらへ」

その、奥にいる人が俺たちを呼んだ。

もういいらしい。

一度ルティナのほうを見てから、進む。

ルティナの表情に変化はない。

特段おかしなところもないのだろう。貴族というのはやはりこういうものらしい。

「今カッサンドラ様をお呼びしています。こちらでお待ちください」

奥に進んだが、そこにカッサンドラとかいう人がいるのではなく、もう一つ別の部屋があった。

さらにワンクッションあるのかよ。

「どうやらここで待つようだな」

取り残されたルティナと二人、その部屋で待つ。

「どうぞおかけください」

「座っても大丈夫か？」

「はい。大丈夫です」

「ルティナも座れ」

「はい。ありがとうございます」

ルティナは座ってもいいというので、椅子に腰をおろした。

立派な待合室だが、お茶も出さないようだ。

「失礼いたします」

と思ったら、お茶が来た。

お茶というか、ハーブティーだけどな。

侍女らしき人がお茶を置いて去っていく。

ルティナの分もあるようだ。

まあ、一族なのはルティナだし。

「いただくか」

「はい」

ルティナとハーブティーを飲んだ。

すっきりさわやか系の飲み物だな。

さすがにいいものを使っているのだろうか。

そして、ルティナがハーブティーを飲む姿も美しい。
背筋をぴんと伸ばし、カップを軽く持ち上げて静かに口に入れている。
優雅だ。
優雅で上品だ。
優雅で上品で、美しい。
絵になるとはまさにこのことだな。
まあ絵になるような美少女がやるからかもしれんが。
※ただしイケメンに限る。
ルティナがティーを飲んでいるところを見るのは、絵を見ているかのようだ。
絵を見ているかのように美しい。
「失礼します。こちらへどうぞ」
おっと。
軽く見ほれていると、呼び出しがかかった。
結構すぐに来たな。
もっと待たされるものかと心配していたが。
あるいは、ルティナに見ほれていて時間のたつのが早かったか。
まあ、ルティナが一緒だからそんなに待たされなかった、ということもあるのだろう。

就活では圧迫面接の一変種として、面談に来た人を長時間放置するようなこともある、と高校の先生が言っていた。

そういうときあわてたりしないようにと。

待合室で何時間も待たせれば、自分のほうが上だと思い知らせることができる。

上位者が下民に対して行うのにふさわしい振る舞いではないだろうか。

俺が公爵に会うとき待たされたことはないが。

それはやっぱり公爵が変なんだろう。

せっかちすぎる。

普通は、貴族が平民に会うときには待合室で待たせたりするものであるに違いない。

それも何時間も待たせるかもしれない。

待たせなかった長は、一族として、やっぱりルティナがかわいいのではないだろうか。

それは良かったのか。

それとも、ルティナがかわいければ俺に対する風当たりが強くなるから、良いことではなかったのか。

くっ。

急に行きたくなくなったぞ。

「どうぞ」

というのに、着いてしまったようだ。

通路の先にあった部屋の扉が開くと、中から人が出てきて俺たちを迎える。

俺たちというか、まあ主役はルティナだろう。

ルティナだけ入ればよくないだろうか。

「カッサンドラおばば様」

というわけにもいかないので中に入ると、ルティナが中にいる人に呼び掛けた。

お婆さんだ。

カクシャクしているというか、ヨボヨボしているというか。

矛盾しているようだが、確かにそんな感じのお婆さんだ。

ゲ。百七歳……だと。

印象は間違っていなかった。鑑定によればカッサンドラさんは百七歳らしい。

そらこうなるわ。

多分百七歳にしては相当元気なんだろう。まだまだピンピンしている。

一方で、百七歳ともなればいくら元気だとはいえ体にはガタがきている。だいぶ小さくなっており、黙っていれば借りてきた猫みたいな感じになるはずだ。

カクシャクしていてかつヨボヨボしているという所以《ゆえん》である。

百七歳ともなればしょうがない。

すでに息をしているだけでも不思議な年齢だ。

もはや生ける伝説と言っていい。

これだけ生きていれば一族の長にもなるだろう。

「ルティナかい。ハナ垂れ小僧のブロッケン坊やが迷惑をかけたようだねぇ」

四十五十はハナ垂れ小僧、というやつだろうか。

いつまで死に神を待たせるつもりなのか。

「まあ」

「あのエロガキにはあたしから厳しく言っておく」

「はい」

エロガキなのか。

「ふん。寝小便も治ってないのに、うちの若いのの入浴をのぞこうとしたエロ餓鬼さ」

不思議に思った俺に、バッチリ説明してくれた。

こちらの様子も怠りなく観察していたらしい。

さすがは生ける伝説。

「ほお」

「のぞき込もうとして無様に捕まったのを、子どものしたことだからと温情をもってお尻たたきで許してやったのが悪かったのかねぇ」

「へえ」

「お尻を真っ赤に腫らして、ビイビイ泣いていたというのに」

「お、おう」

こりゃハルツ公爵も形無しだ。

会いたくないわけだよ。

おむつも替えてもらったかもしれない。

絶対に頭は上がるまい。

英雄は故郷では英雄ならず、という。

大人になってどんなに偉くなった人でも、子どものころに遊んでやったりおむつを替えてやったりした人から見ると、その人は偉くは見えない。

余は生まれながらの将軍と言い放った徳川家光も、乳母の春日局《かすがのつぼね》には頭が上がらなかった。

公爵とおばば様の関係もそんな感じなのだろう。

そら来たくはないわな。

自分の祖母というわけでもないし。

百七歳という年齢を考えれば、おそらくはゴスラーも五十歩百歩か。

「まあでも、あんたの父親もたいがいだったからねえ。あれはだめだ。あれはない。いずれはこうなったはずだ。あまりブロッケン坊やを責めてやるんじゃないよ」

「はい」

「迷宮を討伐するのは貴族の責務だ。それを怠っていたんだからね」

「分かっております」

おお。

ちゃんとルティナを諭している。

まともだな。

やはり生ける伝説。

この感じだと、俺は許されたな。

「して、おぬしがかえ」

一転、こちらに鋭い眼光が飛んできた。

さっきはヨボヨボとしたどこを見ているか分からない目で、それでもなおこちらの疑問を見抜いていたというのに。

許されてなかった。

しわだらけの顔にはっきりと瞳を露出させ、俺をにらんでくる。

さっきまではしわか目かも分からなかったのに。まさか鑑定は持っていないだろうが、すべてを見透かされそうだ。

「は、はい」

何がはいなのか。

そもそも、おぬしがどうしたというのか。

「……」

「……」

緊張の一瞬。

いや、一瞬というには長いか。

こちらをじっと見てくる。

見てくるというより、にらみつけてくる。

すべてを見透かす勢いだ。

その間ずっと無言。

長い。

長すぎる。

「ふん。ちったあやるのかね」

おっと。

無事合格をいただけたようだ。

合格だ。

合格だろう。

「はっ」

「ルティナ、紹介しておくれでないかい」

「はい、おばば様。こちらが、わたくしの主人であるミチオ・カガです。ミチオ様、こちらはカッサンドラ、わたくしのひいひいひいひいおばあ様の末の妹になります。一族の女性にとっては母にも等しいお方です」

ルティナが紹介してくれた。

ひいひいひいひいおばあ様の末の妹というのもすごいな。

ほとんど他人だ。

俺だって、ひいひいひいひいおばあちゃんから分かれた遠い親戚が日本に誰かいるかもしれないが、会ったことも気にしたこともない。

いや、違うか。

ひいひいひいひいおばあ様の末の妹なのだから、分岐したのはひいひいひいひいおばあ様の代ということになる。

考えるだけでひいひい言ってしまう。

まあ百七歳だからな。

この世界では十五歳で成人。

十六、七で子どもを産むことも普通みたいだから、百七歳だと孫やひ孫くらいではとても収まらないだろう。
「ふうん。そうなっちまったのかえ」

「どうも」

なぜかにらんできたので、受け流しておいた。

「あのハナ垂れ小僧のブロッケン坊やも私のお祖母《ばあ》様の子孫ではあるからね。エルフなんてたいがいはそんなもんさ。お祖母様も不肖の子孫には嘆いておられるだろう」

「はあ」

そこは、エルフが、というより、エルフの貴族が、というところではないだろうか。

上流階級はみんな係累でつながっていそうではあるよな。

しかし、ルティナからすれば親の仇とひいひいひいひいひいおばあ様が一緒ということになる。

すごいことになっているな。

まあ、ここまで行くと完全に他人だ。

それこそ、ひいっとなってしまう。

さて、さっきからひいがいくつ出てきたでしょう？

とにかくそれくらいにすごい。

　さすがは生ける伝説。

「おぬしは冒険者なのかえ？」

「はっ」

「まだ若そうなのにやるもんだ」

昔のようにこそこそした冒険者ではない。

れっきとした冒険者だ。

今ではもう誰はばかることなく冒険者なわけですよ。

なんならインテリジェンスカードも見せていいわけですよ。

「エルフではありませんが」

　こっちのほうが問題ではないのだろうか。

一族の娘を人間が奴隷にしたのだが、いいのだろうか。

「ふん。あたしの亭主も人間だったよ。あたしは末っ子だったからねえ。いいのは上の姉から持っていって、あたしのときにはロクなのが残ってなかった。貴族に嫁げたのは三女まで。四女は、騎士団一の有望株とされた男と引っついたけど、あの男は結局駄目だったねえ。五女は商家の跡取り息子の嫁だ。付近では一番の大店《おおだな》と言われ一時は飛ぶ鳥を落とす勢いだったが、姉が食いつぶしたのか、今じゃ店までつぶれちまった。世の中分かりゃしないものさ」

あえて言おう。

年寄りの話は長い。

長すぎる。

「亡くなったカッサンドラおばば様の夫も、一代で叙勲されたのです」

おばば様の話が長引きそうだったためか、ルティナがフォローに入ってきた。

人間族だったというおばば様の旦那はすでに死んでいるらしい。

そらまあさすがに百七歳だもんな。

「そのとおりだよ。あたしの夫は人間ながらなかなかのいい男でね。元々はとある貴族の一門だったんだが、迷宮にやられて失爵、没落というよくある話だ。夫は危機感を持っていろいろ諫《いさ》めていたので一門の中で浮いてしまってね。追われるようにうちの実家の領地まで流れて来たわけだ。爵位を得たあとには、まあ親族がもちろんいろいろ言ってきたが、そんなのはきっぱりとはねつけることができるちゃんとした男だったよ。まともそうなのを一人だけ採って跡を継がせたけどね。そんないい男を逃さずばっちり捕まえたのが、このあたしの見識さね。迷宮での度胸もあるし腕も確かだし、元は貴族の一門だっただけに立ち居振る舞いも完璧という優良物件だ。ルティナも、そいつがろくでもない男ならさっさと見切りをつけるがいいよ。どうとでもしてやるからね」

貴族が迷宮を討伐できずに爵位を失うことはよくある話らしい。

ただ、それ以外の話はあまり参考にもならなかった。

長いだけで。

というか、最後にルティナに変な入れ知恵をしないでほしい。

ルティナが見切りをつけると言ったらどうするつもりだろうか。

どうにでもできそうなのが怖い。

「いいえ。ミチオ様なら遠からず叙爵されることは疑いありません」

おおっ。

ルティナがかばってくれた。

「そうなのかえ?」

おばば様のほうは、ギラリとにらんでくる。

どうしろと。

「はい。間違いございません」

「ほう」

「五十階層の迷宮の討伐ならば、もう少しで手の届くところに来ております。わたくしもここまでとは思いませんでした」

いや。それは過剰表現だからね。

かばうにしても無理がある。

全然手は届かないよ。

まだ六階層あるよ。

一階層の重みというものを理解してほしい。

誇大広告、いくない。

「ほほう。そうなのか？」

おばば様の目がさらにきつくなった。

もう一段上があるのかよ。

まだ変身を二回残してそうだな。

「五十階層まで少しといえば少しながら、しかし一階層の重みというものが」

「ほおう。分かってるじゃないか」

「はっ」

にらみつけてくるので弁明したら、分かってくれたらしい。

さすがは自身の力で成り上がった人物だけのことはある。

上からさらにその上へと昇ることの困難さを知っているのだろう。

一階層から二階層へと一階層上がるのは簡単だが、二階層から三階層へと一階層上がるのはそれよりも難しい。上に行くにしたがってその差はどんどん開いていく。四十九階層から五十階層への一階層は相当なものだろう。

ロクサーヌにもそこのところを理解してほしいものだ。

いや。ロクサーヌにとっては一階層から二階層への一階層の差なんかは測定誤差の範囲でしかなかったのかもしれないが。

四十四階層から四十五階層へのアップでも閾値《いきち》以下の可能性があるよな。

俺が大変になったと言っているから大変になったかもしれないと感じているだけの可能性が、実際にありそうで怖い。

「ルティナは、まだ諸侯会議で活躍する夢を持っているのかい？」

おばば様がルティナに尋ねた。

諸侯会議で活躍する夢。

そんな夢を持っていたのか。

「いえ。あれは幼いころの戯れというか……」

ルティナが小声で反応する。

子どもの頃の無邪気な憧れということか。

サッカー選手になりたい、というような。

あたし、パパのお嫁さんになるぅ。

「何も悪いことじゃない。立派な夢さ」

「はい……」

そりゃおむつを替えられた公爵もゴスラーも頭が上がらないわけだ。

諸侯会議は、冬の時期、帝都に貴族が集まって行われる会議だと聞いた。

全人代みたいな感じだろうか。

貴族令嬢なら、そこで活躍する夢を見てもおかしくはない。

「人間のところへ行くのも悪いことばかりじゃない。あたしがこうして一族の女のことを取り仕切っていられるのも、自分の子孫がおらず、公平に判断できるだろう、という理由もあるからね」

人間とエルフだと種族が違うので子どもは生まれない。

おばば様も自分の子どもがいないから一族のことを公平に見れる、ということか。

爵位のほうも、人間である夫の一族を連れてきたということだから、自身の血はつながっていない。

この調子では養子のほうもおばば様に頭は上がるまいが。

「はい」

「あたしの前の長は、自分の娘や孫ばかりを優先させると評判が悪かった。やはり長にはそういうしがらみのない女がいいだろう。ひょっとしたら、ルティナに一族の長のお鉢が回ってくるかもしれない」

「いえ、そんな。わたくしなんてとても」

「フン。回ってくるとしてもすぐじゃない。まだまだあたしの目の黒いうちはね」

「はい」

百七歳のおばば様はいったいいつまで生きるつもりなんだろうか。

「どうだい。なんなら、今からルティナをあたしのところに預けておくかね。将来的にルティナが一族の長になるなら、おまえさんにとっても利があろう。鍛えてやるよ」

おばば様が俺に向かって話を振ってくる。

油断も隙もないな。

本当は取り上げるつもりではないだろうか。

「いえ。迷宮での戦闘に必要なので」

「ふん。まあそうだろうね」

「ミチオ様」

ルティナに好ヒットしたみたいなので、今回はいいだろう。

「まあ、形はどうあれちゃんと暮らしていけるのなら文句は言わないよ。あんまりひどいことをして泣かせるようなら、考えがあるけどね」

おばば様の目が光った、ような気がした。

考えがあるとは、どうするつもりだろう。

怖いので具体的に聞くことはできない。

怖いので。

大事なことなので二度言いました。

「泣かせるなんてとんでもない」

「はねっかえりだの家出だの駆け落ちだの零落だの奴隷だのは別に珍しいことじゃない。その程度でいちいちあわてるようじゃ、一族の長はやっていけないよ」

「そういうもんですか」

少しはあわてててもいいような気がする。

特に駆け落ちとか。

それ以外は、まあそのとおりなんだろう。

迷宮で行方不明になることもあるだろうし。

「今あたしが一番困っているのは、父親が誰だか分からない娘のことだ。貴族の令嬢だというのに母親は何を考えているんだか。父親がはっきりしないのではいいところに貰《もら》い手はないし、半端なところに出すわけにもいかない。それでも、一族の娘なのだから幸せになれるように図ってやるのが長の務めだ。もうすぐ成人するのに頭が痛いよ。おぬしも、もらってくれそうな心当たりはないかえ？」

今のヨーロッパでは婚外子のほうが多いなどという国もあるようだが、こちらの世界はまだそこまで進んでいないらしい。

貴族の嫁になるのは難しいのだろう。

「いいえ」

「別に人間でも文句は言わないよ。ちゃんと幸せにしてくれる甲斐性《かいしょう》があるならね。何番めかの妾《めかけ》だっていいじゃないか」

このおばば様は俺に押しつけようとしているのだろうか。

それならいただきたい。

とはさすがに言えんよな。エルフだから美人なんだろうけど。

エルフならすでにルティナもいる。

ロクサーヌたちの手前もある。

あるいは、エサをぶら下げてこっちの反応を試す作戦かもしれない。

美人局《つつもたせ》か。

「いえ、本当に」

「まあそんなのだからルティナのこともがたがたと騒ぐほどのことじゃない。一族の人数も増えたし、それなりにはある話さ」

「なるほど」

つまり、本当に俺を弾劾しようという話でもなかったと。

単純に顔見せだけか。

「いいだろう。あたしが手伝ってやる。ネスコという街の少し奥に迷宮がある。ネスコの奥の迷宮といえば分かる。しばらくはそこで修行を積みな」

「ネスコですか」

恐竜でもいそうな迷宮だな。

まあドラゴンはいるが。

「今、うちの一族が総力を挙げて討伐しようとしている迷宮だ。ここからでもボーデからでも飛べるだろう。たとえおぬしが討伐したとしても爵位を譲ってやるわけにはいかん。だが、そこで力をつけるなら、次やその次にはチャンスも巡ってくるだろう」

なるほど。

見返りが欲しければ協力しろということか。

こちらが指定する迷宮で働けと。

向こうとすればそれなりに筋の通った要求だろう。

ただで助けてやる謂《いわ》れはない。

ただし、使いつぶされるリスクはあるか。

さすがに一族のルティナに対してそこまではしないか。

問題があるとすれば、迷宮討伐の貢献度なんか測りようがない、ということだろう。

と思ったが、迷宮入り口にいる探索者に一族の息のかかった者を置いておけば、迷宮に入っているかどうかは分かるか。

ワープで迷宮に直接入れる俺を除いて。

冒険者の稼ぎなんか、迷宮でドロップアイテムを得る以外にあまりない。

迷宮に入ってはいるが一階層で弱い魔物相手に遊んでサボっていた、などという可能性はまず考えなくていいだろう。

つまり迷宮に入っている時間が分かれば、貢献度はだいたい測れる。

自身の実力より安全な階層で戦う人、実力に見合った階層で戦う人、実力以上の階層で戦う人で多少の違いは出るが、大きな問題となるほどでもないだろう。

実力以上の階層で戦って死んでしまえば元も子もなくなるのだし、最終的な恩恵を与えようと思えば迷宮を討伐する必要があるから、サボっていてなんとかなることもない。

「ふむ」

「……」

一応は受けてもいいかと思うが、ルティナの意見も聞いてみたい。

しかしルティナを見てみるが、何も言ってはこないな。

空気読め。

「ルティナはこの話、どう思う？」

「受けるべきではないと思います」

え？　そうなの？

「そうか」

重々しくうなずいた。

理由は知らねども。

なぜかは知らねども。

なぜかはシエラネバダ山脈。

「ふん。鍛えてやろうと思ったが、なかなか優秀だね。勘のいいガキは嫌いだよ」

おばば様がルティナを褒める。

いや、褒めてるのか？

どこに需要があるんだよ、ばばあのツンデレ。

「それはどうも」

ルティナもあおるなよ。

「まあこっちは何も約束していないし、これで契約するなら使いつぶしてくれと言っているようなもんだ。いいように使われるだけだろう」

「ふむ」

やっぱり使いつぶされるリスクがあるのか。

冒険者ならどこへでも逃げ出せそうだが。

「逃げれば済むと考えてそうだが、そんな簡単なものじゃないからね」

「お、おう」

ばっちり言い当ててきやがった。

でも逃げれば済むんじゃないかな。

こっちはワープ持ちの根無し草だからなあ。

「しかし安心しな。一族の娘を変なふうにはしないさ」

「まあそれは」

「おぬしは、一族の娘ではないがな」

「ぐっ」

落として上げて落とすのが好きだな、このおばば様は。

そりゃ公爵やゴスラーも頭が上がらんだろうて。

「まあ約束はできないが便宜は図ってやる。本当に使えるようならね」

「ミチオ様たちが迷宮で戦えることは間違いありません」

「それならばなおのこと。こっちに力を貸して損になることなんかありゃしない」

ルティナがかばってくれるが、一緒に迷宮に入って戦っているルティナは俺たちのことを知っている。

おばば様は知らないし、実は魔法が使えるなどと変な擁護をされるのも困る。

ここは適当に妥協しておくか。

本当に使いつぶされそうになったら、ワープでどこへなり逃げ出すことも可能だろう。

エルフの有力な一族の長なのだろうから影響力は俺が思っているよりも強いのかもしれないが、それでも限界はある。

力は無限ではない。

ロクサーヌが言っていたカッシームとかよりも遠くならなんとかなるに違いない。

「いずれにせよどこかの迷宮には入らなければいけない。ネスコとやらの迷宮に入るのもやぶさかではない」

「ふん。それじゃあ、こいつを持っていくがよい」

おばば様が何かを取り出した。

ハルツ公爵からもらったのと似たようなエンブレム入りのワッペンだ。

同様のものなんだろう。

「これですか」

「知っておるのか。ネスコの奥の迷宮には一族の息のかかった探索者が控えている。迷宮に行ったら、入り口の探索者にそれを見せて名前を告げな。最新の階層へも連れて行ってもらえる」

公爵のエンブレム入りワッペンと同じだ。

ハルツ公領ではいちいち名前を名乗ったりはしなかったが、名前を記録しておけば誰がどの階層にどれくらい入っているかも把握できるわけか。

考えられている。

最新の階層へ連れて行くのも、特典のようでもあり、最新の階層で戦えるかどうかこちらの情報を抜き出す罠でもある。個人情報を売り渡すポイントカードみたいなもんだな。

最上位の階層に入って中で下に飛べばいくらでもごまかせるが、下の階層では冒険者として稼ぎが悪くなる。

困るのは自分自身だ。

その程度のごまかしは誤差の範囲ということだろう。

「似たようなのはハルツ公爵からも預かっておりますので」

「そこまで信頼されているのか。ま、ルティナを預けられたくらいだから当然か」

あれは信頼のワッペンなんだろうか。

領内の迷宮に入ってくれそうな冒険者だったら誰でもよかったのでは。

そして、ルティナは預けられたわけではなく、いただいた。

「返す予定はありませんが」

公爵のワッペンは、返してもいい。

あれが役に立つことはあまりないような気がするので。

おばば様のワッペンも似たようなものだが、こちらはいただいておこう。

「まあ……」

ルティナのほうをちらりと見ると、ちょっと喜んでいるか。

好感触。

「ふん。釣った魚にもエサをやるってか。それならば、ルティナにもときどきは少額のお金が入るように考えてやりな」

「うーん。なるほど」

ルティナが自分を買い戻せるように、ということだろうか。

「諸侯会議で活躍しようと思うのなら、まず鍛えるべきところはお金の使い方だ。交渉のやり口や、効率的な資源配分、適切な資産管理。お金の使い方を通して、あれやこれやの感覚が身につくもんさ」

言われてみるとそんなような気がしないでもない。

現代日本の状況を鑑《かんが》みると、そうかあ、とは思うが。

強く思うが。

まあ、この世界ではお金を使うといっても素朴なものだ。

リボ払いに苦しんだり買い物依存症になったりガチャで溶かしたりということはない。

あるとしたらギャンブルにはまるくらいか。

ギャンブルにはまるより、迷宮にはまって戦闘依存症になる人が多そうな気がするのがこの世界だ。

具体的に誰かを想定しているわけではない。

ちょっと顔が浮かんだが、そういうわけではない。

確かに、貴族令嬢のルティナではお金を使うことがそもそもあまりなかっただろう。

まず第一歩としてはそんなところからかもしれない。

「ほうほう」

「まあ、そうだね。ルティナ、金貨一枚分でも小遣いが貯《た》まったらあたしのとこへ来な。

一族の秘宝をおまえに売ってやるよ」

おばば様がルティナに提示した。

ルティナに小遣いを与えても買い戻させることはないという意味だろうか。

「いえ、あの」

「なんだい？」

「金貨一枚なら持っていますが」

母親から服に縫いつけておけと言われたあの金貨か。

確かにルティナは金貨一枚持っている。

「はあ？」

「母から、常に身に着けておくようにと言われましたので」

「ああ。そういえばそれをあの娘が教えられたときにその場にあたしもいたのだったね。あの娘は、ちゃんとそれを守って、自分の子にも伝えたんだね」

「はい」

さすがは百七歳のおばば様。ルティナの母親もあの娘扱いか。

ルティナなんかはそれについてくる付属品。

俺はさらにそれについているひっつき虫というところだな。

雑魚《ざこ》のことはほっといてほしい。

「しかしそれをここで言うのは感心しないね。取り上げられてしまうよ」

「いえ。知っておられるので」

「知ってる？」

「あ、はい」

おばば様が驚いているので、肯定しておいた。

確かにルティナが金貨一枚持っていることは知っている。

別に取り上げたりしないって。

「ふーん。甘いというかなんというか」

「誰のものになるのか判別がつかなかったので」

「これです」

ルティナが金貨一枚を取り出した。

「おい、リュート」

「はっ」

「今からしばらく、この部屋に誰も入れるんじゃないよ」

「かしこまりました」

おばば様がリュートと呼ばれた部屋の外にいる男と会話する。

多分、部屋の外で扉を守っているのだろう。

「こっちへ来な」

おばば様が立ち上がり、部屋の端のほうへと歩いていった。

「はい」

ルティナと顔を見合わせ、ついていく。

おばば様が大きな衝立《ついたて》をどっこらしょと動かすと、奥に扉があった。

重そうだな。

そして、さらに部屋があるのか。

「衝立にもこの部屋にも、遮蔽《しゃへい》セメントが使われているからね。冒険者だからといって、飛んでくることはできないよ」

遮蔽セメントを使っているから、衝立も重そうなのか。遮蔽セメントが使われた場所は冒険者のフィールドウォークなどでの移動ができなくなる。

ただし、ワープは除く。

おばば様は冒険者である俺相手にうまいこと言ってやった、みたいな顔をしているが、そうじゃないんだよなあ。

まあむきになって言い返すほどのことでもないけどさ。

「ほうほう」

「ふん。まあ来な。この奥の部屋が宝物庫だ。もちろん遮蔽セメントを使ってある」

おばば様が奥の扉を開けた。

こぢんまりとした小さな部屋だ。

宝物庫というよりは物置小屋だろう。ただし、それなりに装備品はある。ミセリコルデとかまどろみのウォーハンマーとか。

ミセリコルデは片手剣だ。ミリアが使っているエストックよりいい武器だろう。まあ、あっちは硬直のエストック、こっちには空きのスキルスロットもない。ミリアが使っている硬直のエストックのほうが上だ。

まどろみのウォーハンマーには睡眠付与のスキルがついているが、このウォーハンマーにもそれ以上の空きスキルスロットはない。

ワープで来れはするが、わざわざ忍び込むほどの価値はないか。

いや。

あったとしてもやらないけど。

やらないけどお。

このおばば様がムカつくようなら反省を促す必要はあるかもしれん。

やらないけど。

やらないけどお。

大事なことなので二回言いました。

そもそも、使える装備品なら誰かが使っているだろう。後生大事に抱え込んでもしょうがないわけだし。

ミセリコルデやウォーハンマーは、エルフでは使う人があまりいないのかもしれない。

それに、使っていれば、迷宮で倒され、ロストする危険性はある。

しかしいい装備品を使えば倒されるリスクそのものを軽減することができる。

貴重なのは装備品よりもそれを使って戦う人材のほうだろう。

おばば様は、置かれている装備品でなく棚の引き出しを開けた。

あ。

現金だ。

金貨があるな。

なるほど。

宝物庫だ。

白金貨もあるかもしれない。

これなら確かに盗みに入る価値が。

いや。

やらないけど。

やらないけどお。

おばば様は小棚の中から何かを取り出し、ルティナに渡した。

「これは？」

「一族に伝わる秘宝だ。これまで使う者はいなかったが、ルティナならいいだろう。持っておゆき。言ってしまったものはしょうがない。金貨一枚と引き換えだ。綸言汗《りんげん》の如しってね」

体から出た汗が再び体の中へは戻らないように、偉い人の発言は取り消すことができないということだ。

たかがおばば様がそこまで偉いのか。

まあ一族の長だからな。

偉いのだろう。

一族の者に対してうそは言えないということだろうか。

「ルティナは魔法使いになれるはずだ。その秘宝は魔法の威力を高めるとされている。いつかきっと役に立つだろう」

「……はい」

ルティナがためらって言いよどんだな。

いつかでなく今すぐ役に立つ。

ルティナはもう魔法使いだ。

それを言いふらさなかったのは偉い。

おばば様相手に自慢したところでなんになる。

かえって変に目をつけられるだけだろう。どうしてそうなったのかと問い詰められれば、俺の能力を表沙汰《おもてざた》にすることになるかもしれないし。

「まあなんにせよがんばることだ。そのうちいいこともあるだろう」

「はい」

おばば様が宝物庫を出た。

ルティナと俺も続く。

場所は覚えた。

いや。

別に来ないけど。

来ないけどお。

考えてみれば金には困ってないしな。考えてみなくてもそうだった。迷宮の稼ぎで十分にやっていけている。だからここに用はない。

「リュート、なにかあったかい」

「ハルツ公爵夫妻が参られております」

「待たせとき。あの小僧も気が利かないねえ。親の仇に会いたいのは殺すときだけだよ」

おばば様が困ったように言う。

ハルツ公爵も、来たら来たで文句を言われ、来なかったら来なかったで文句を言われそうで大変だ。

たまらんだろう。

「そうですね。今はまだ準備も足りてないので」

世の中は、色と酒とが敵《かたき》なり。どうぞ敵にめぐりあいたい。

「何の準備かは知らないが俺のいないところで頼む」

真剣に。

俺には、氷で刺したら証拠は残らないぞ、とアドバイスするくらいしかできん。

あと、ワープで移動したらアリバイも完璧だ、とか。

結構やりたい放題だな。

ただし、準備をするというくらいだから、毒だろうか。

公爵がいくら身代わりのミサンガを常時身に着けていても、毒にはかなうまい。

最初の一回めの致死的発作は抑えられるかもしれないが、継続的に発作が起きれば駄目だろう。

なんなら致死量の二倍の毒を飲ませてもいい。

怖いな。

「待たせている間に今日のところはお帰り。秘宝の身に着け方はその男に聞けばいい」

「はい」

身に着け方なんてあるのか？

俺は知らないんだけど。

「あんたは今もれっきとした一族の一員だ。とりわけ迷宮討伐を成し遂げたら、誰も何も言えなくなる。気張っておやり。困ったことがあったらいつでも、どんなことでも、このおばば様を頼るがいい」

「はい。ありがとうございます」

「おぬしも、何かあったら訪ねてきな。多少の援助ならしてやるよ。迷宮の件も悪いようにはしない。ルティナを泣かせるようなことをしなけりゃ、ね」

「はっ」

最後に一言多いんだよな、このおばば様は。

まあ、一族のルティナには優しい長というところだろうか。

「では、おばば様、ありがとうございました」

ルティナはちゃんと挨拶しているが、いいんだよ。

こんなばばあに頭を下げなくても。

部屋を抜け出し、公爵にもカシアにも顔を合わせることなく、家に帰った。

「おかえりなさい」

家に帰ると、ロクサーヌが迎えてくれる。

おばば様と比べてこのかわいらしさはどうだ。

比較対象が間違っているような気しかしないが。

「ただいま」

とりあえずロクサーヌに抱きついておいた。

「あの、何かあったんですか？」

「あったのかなかったのか。そうだな、何から話すか。いや、まあ特に問題となるようなことはなかった。そこは安心してくれ」

「はい」

いきなり抱きついたせいか心配されてしまう。

いつもいつも抱きついているような気はしなくもないが。

まあいつもではないか。

そうだな。少し控えめだった気がしなくもない。

いいんだよ、抱きついても。

このくらいは問題ない。許されるはずだ。

「ちょっと離れて寂しかったからな」

「……はい」

「うむ」

名残惜しげにロクサーヌを放し、次は少し遠くにいたセリーを抱き寄せた。

セリーよ、もちろん逃げられはしないぞ。

しばらくセリーを抱きしめた後、興味深げにこっちを見ていたミリアも巻き込む。

「はい、です」

セリーやミリアは小さいから、二人同時でも余裕だな。

そしてセリーを放し、ミリアを正面から抱きすくめた。
かわいいミリアを正面から堪能するのは最高だ。
次はベスタだが、二人同時は厳しい。
ミリアを解放して、ベスタに抱きつく。
抱くというよりはしがみついた感じだが、この大きさが頼もしい。
ボリューム感が満足度を増す。
存在感が素晴らしい。
「大丈夫だと思います」
確かに大丈夫だ。
安定感がある。
いや。
これは俺が大丈夫ではないと思われているのだろうか。
いいんだ。
このくらいは軽いものだ。
なんの問題もないだろう。
しばらくベスタのボリュームを楽しんで、解放した。
しかしこれで終わるわけにはいかないな。

近くにいたルティナを抱きかかえる。

「私とは一緒にいましたが」

「問題ない」

そういえばそんな言い訳を使ったな。

あれはうそだ。

そもそも、ここまで来てルティナだけ抱きしめないわけにはいかない。

俺は博愛主義者なのだ。

「あの、これを」

ルティナがおばば様から買った装備品を見せてきた。

これがあったか。

ボディークリップ　アクセサリー
スキル　空き　空き　空き

ボディークリップというらしい。

空きのスキルスロットも三つある。

なかなか優秀なアクセサリーだな。
一族の秘宝というにふさわしい逸品だろう。
かどうかはともかく。
ルティナから受け取って、見てみた。
広げると、チェーンでできたネックレスという感じ。
というか、普通にネックレスだな。
こんなん、どう考えてもここを首からぶら下げるだろう。
首から下げて一点にまとまったあと、チェーンが二股に伸びている。
そして、その先にクリップが。
首の下。
そこから二つに分かれて綺麗に広がるチェーン。
チェーンの先にクリップ。
クリップには何を挟むべきか。
答えは決まっているようなものだろう。
うはぁ。
すげえな。
あのおばば様はすさまじいものを渡してきやがる。

そら、一族誰も使わんで。

やつはとんでもないものをよこしていきました。

「これは、……身代わりのスキルがついていないから、今すぐというわけにはいかんな。

それに、慣れる必要もあるだろう」

なんとか言い訳を捻《ひね》り出す。

今この場でというわけにはいかんだろう。

いや。

いいのか。

いいのか？

ええのんか？

自重しておこう。

俺は我慢のできる男だ。

我慢汁も出る男なのだ。

「そうなのですね」

「着け方などについては今夜教えよう」

「はい。楽しみです」

俺が楽しみだよ。

今夜と言わず今すぐにでも。

くっ。

いかんいかん。

おぼれてはいけない。浸りきってはいけない。

自制と努力と克己と忍耐とが勝利への道だ。

不屈、我慢、勝利。

禁欲こそが勝利への道だと色魔のスキルも教えてくれている。

我慢は勝利へと通ず。

忍耐は変態へと通ず。

今夜を楽しみにしておこう。

第五十九章　完璧なサイクル

ミリア

現時点のレベル&装備

暗殺者	*Lv 42*
装備	硬直のエストック 鉄の盾 チェインメイル 頑丈の硬革帽子 硬革のグローブ 硬革の靴 身代わりのミサンガ

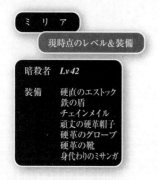

「よし。では迷宮に行くか。ルティナの一族の長に頼まれてな。なんとかにある迷宮に入ることになった」

ロクサーヌたちを前に宣言する。

「ネスコですね」

そうだったそうだった。

ネスコの奥にある迷宮に入るように言われたんだった。

そこで怪獣退治だ。

ネスコだけに。

「そうだった。ネスコの奥の迷宮だ。まあそこにこれからずうっとこもるかどうかは分からんが、とりあえず一度は入っておく必要があるだろう。そこに行ってみようと思う」

「ネスコの奥の迷宮ですか……」

セリーがぽつりとつぶやく。

「知っているのか、セリー」

さすがだな。

「あ、いえ。確か最初は、ネスコの迷宮とのみ書かれていたんですよね。それが、ある日ネスコの奥の迷宮へと変更になったので、覚えていました」

「なるほど？」

「ネスコの南の迷宮というのと、ネスコの西の迷宮というのが新しくできたんです」

そういうことか。

最初はネスコの近くに迷宮が一つだけだったから、ネスコの迷宮と呼ばれ、近くにさらに二つ、ネスコの南の迷宮とネスコの西の迷宮ができたので、それらと区別するために、ネスコの奥の迷宮に変更になったと。

各地の迷宮の情報は、クーラタルにある探索者ギルドで手に入る。

セリーはときどき探索者ギルドへ出向いて、情報を収集している。

それで覚えていたと。

「いずれにしても、さすがはセリーだ。たいしたものだな」

「い、いえ」

近場に迷宮が増えたから、おばば様もあせっているんだろう。

それで俺たちにも援助要請の声がかかったわけか。

「新しい迷宮ができて大変になったとなれば、やはり俺たちも行くしかあるまい。全員、準備はいいか？」

「はい。迷宮などサクッと滅ぼせばいいのです」

「大丈夫です」

「はい、です」

「あのおばば様のために働くのは少しじゃくですが、迷宮討伐は当然の責務です」

全員の賛同を得たので、移動する。

まずは、ボーデの冒険者ギルドへとワープした。

どうせ公爵とカシアはまだおばば様に捕まっているだろうし、居城に行く必要はない。

「ネスコというところへ行けるか？」

「はい。行けます」

冒険者ギルドにいる冒険者に話しかけると、ちゃんとネスコへ行けるらしい。

パーティーを解散し、銀貨二枚を払って、ネスコへと連れて行ってもらう。

「では頼む」

「ここがネスコの街になります」

ネスコの冒険者ギルドは、がらんとした広い空間だった。

広々しているというか、寒々しているというか。

なんか廃虚っぽい。

というか、誰もいない。

受付も開いてないし、買取客もいないし、他の街へ飛ばしてくれる冒険者もいない。

ここに連れてきてくれた冒険者もさっさと帰っていったので、いるのは俺一人だ。

ここで本当に合っているのか？

まあウソということはないだろうが。

いったん戻って、ロクサーヌたちとパーティーを組み、またネスコの冒険者ギルドへとUターンしてくる。

「誰もいませんね」

そうなんだよ。

ロクサーヌの感想の通りだ。

外に出ても、人が少ない。

人っ子一人いない、というほどでもないが、まあ少ない。活気はないな。

「魚屋、です」

目ざといね。

ミリアが指さす先に、魚屋があった。

誰もいないので、とりあえず行ってみる。

「らっしゃい。うちは獲れ立て新鮮。うまいようまいよ」

ネス湖で獲れた魚を売る店のようだ。

湖かどうかは知らないが。

「リンカペ、です」

「かぁーっ。お客さん、目の付け所が違うね。ツウだね。さすがだねぇ」

何らかの魚を見つけたミリアを、魚屋の店主が褒めまくった。

江戸っ子だね。

「リンカペ？」

「この辺りの名物で真の珍味。これを食べたことのないやつは人生損してるというくらいの逸品でさあ」

「ほう」

名物にうまいものなし。

珍味と言っているのがその証拠だ。怪しさ倍増だな。

「これを選ぶのは本物のツウだけですぜ。さすがお目が高い」

「へえ」

たいしてうまくないから選ばれていないのでは。

もっとも、ミリアが食いついている時点でそれはないのか。

さっきから完全に魚を選ぶ体勢に入っている。

ただし魚にならなんにでも食いつくという可能性も。

「メスのほうは卵がみっちり詰まった深い味わい。オスはとろけるほどの甘い肉。ネスコの沿岸でもたまにしか獲れない名産品だ。足が早いからよそではめったに味わえないよ。

見つかっちまったもんはしょうがない。今朝一番の獲れ立て、いかがで」

たまにしか獲れない名産とは。

しかし、いかがで、と言われても、ミリアはすでに獲物を狙うハンターだ。

「ミリア、うまそうなのはあるか？」

「はい、です」

これはもうテコでも動かんだろう。

「この魚は水揚げすると急速に劣化が進む。まずいだのたいしたことないだの言っているやつはたいがいそれにあたった口だ。ねえ。うちの品なら間違いないよ。獲れ立てだから今日の夕食あたりが食べごろだ。はい、寄ってらっしゃい見てらっしゃい」

やっぱりまずいと言われてんじゃねえか。

絶対にたいしたことはないだろう。

しかしまあしょうがない。

「いいのがあったら選んでくれ。今夜の夕食にしよう」

「まいど」

「……はい、です」

ミリアより店主のほうが反応が早いとはどういうことだ？

いや。ミリアはもうすでに魚を買うことは絶対として、どの魚にするかの選択に入っていたに違いない。

周囲の声になど耳を貸さず、目の前の魚に集中している。

絶対に選ぶのだと。

なにがなんでも選ぶのだと。

買うことは当然の前提だ。

ここで動かなければ俺が折れて魚を買ってくれると。

買う。

買うべき。

買わいでか。

つまり俺がなめられているわけだ。

買うけどさ。

まあ買うけどね。

ほんとに大丈夫なんだろうな。

「これなんかどうでぇ」

「……」

「そっちのやつも活《い》きがいいねぇ。一味違うよ」

「……」

店主の意見に全く動じない姿勢は頼もしいと評価しておこう。

「この魚はオスとメスとで調理の仕方が違うってのも大変だ。オスは表面に焦げ目がつくくらいじっくりと焼き上げる。中にまでしっかり火が通って、ほどよくとろける。これが格別だ。うまい。メスのほうは反対に軽くあぶる程度でいい。表面にだけ火を当てて、外はカリッと。中はトロトロ。うーん、うまい。最高だ。ねえ。まずいとか言っているやつはこの調理の仕方が間違っている場合もあるね」

やっぱまずいんじゃねえか。

相当に評判を気にしてるな。

悪評だらけに違いない。

「ふーん」

「オスとメスを区別するのがまた難しい。ねえ。しかしこちとらこの道二十年のベテランだ。まかせときってもんよ。お、姉ちゃん、そっちは」

「メス、です」

「……その隣のは」

「オス、です」

瞬殺されてんじゃねえか。

まあそれだけミリアが頼もしいとしておこう。

選ばせておけばいいだろう。

　こっちはその間に情報収集でもしておくか。

「この辺り、人通りが少ないようだが」

「迷宮がぼこぼこ出てきちまったからな」

「やっぱりそのせいか」

　こっちはこっちで、瞬殺された店主と情報交換しておいた。

「今すぐどうこうってわけじゃねえが、先祖代々の貴重な家具とか持ってるようなやつは早々に疎開した。道が使えるうちにな」

「なるほど。人だけなら冒険者でなんとかなるか」

「そういうこった」

　迷宮からの魔物に対処できなくなって、いよいよとなったら、最後は冒険者のフィールドウォークで逃げるのだろう。

　人だけならばなんとかなる。

　そのとき、手荷物以上のものは持っていけない。

　運ぶのが手間な貴重品を持っている人とかは、先に逃げ出したと。

　あとは、土地に思い入れのないやつとか。

　子どもや老人とかもすでに避難したのだろう。

それで人が少ないと。

ふうん。

「ネスコの奥の迷宮とやらは、どこにある？」

「さあ、名前までは」

「最初に出てきた迷宮だ」

「先に出てきたのなら、この道をまっすぐ進んだほうだな」

店主が指さした。

頼りないが、名称なんかは知らなくてもしょうがないか。

名前は探索者ギルドが勝手につけただけという可能性もある。

行ってみればいいだろう。

「分かった。ミリア、魚は選べたか？」

「はい、です」

情報収集はこのくらいでいいだろう。

「そうか。その魚をもらおう」

「へい、まいど」

「これ、いれる、です」

ミリアがリュックから小さな桶《おけ》を取り出した。

おまえ、そんなものを持っていたのか。

こんなこともあろうかと。

いつでも魚を買う準備はばっちりじゃないか。

用意周到だな。

ミリアが店主に見せながら魚を桶に移す。

十匹ちょっとくらいか。

一人オスメス一匹ずつというところだろう。

こういうところで自分の分だけ余計に選んだりしないところが、偉いよな。

俺ならどうやって余分を確保するか悩みそうだ。

「調理に失敗することもあるかもしれん。もう何匹か余分に買っておけ。余ったらミリアが食べればいいだろう」

「はい、です」

お。ミリアが真剣に食いついた。

さっきよりも注意深くガチで選んでないか？

自分が食べる分だからか？

いや。すでにいいものを十二匹選んでしまったからだろう。その次の十三番目くらいの魚はきっと混戦なのだ。だから、帯に短したすきに長しで一長一短あって、どれを選ぶか悩ましいのだろう。

そのせいで慎重に選んでいるに違いない。

ミリアは、じっくりと時間をかけ念入りに追加の魚を選んだ。

ミリアが選んだ魚を買い、一度冒険者ギルドに戻って、家へとワープする。

「氷を載せておけば夕方までは持つだろう。今夜の夕食でいいか？」

「焼く、です」

調理方法まで決めているようだ。

魚屋の店主もオスメスで焼き方が違うと言っていたしな。

「ああ。確かオスはじっくり焼き上げるとか。メスは何だったかな」

「あぶる、です」

そこら辺は第一人者にまかせておけばいいらしい。

万が一にも間違いはないだろう。

ミリアが台所まで運んだ桶の上に、アイスウォールで出した氷を載せる。いくら足が早いといっても、これで夕方くらいまでは大丈夫のはずだ。夕食ぐらいが食べごろだと店主も言っていたし。

氷を載せるとかえって熟成が進まずに駄目ということもあるだろうか。

ミリアが何も言わないからいいか。

「では、ネスコに戻るぞ」

家から、再度ネスコへとワープした。

今度は魚屋から一番遠くに見えた木の根元に出る。

見た限りの一番遠い場所に出られるのは便利だよな。

「この道をまっすぐですね」

そこからはロクサーヌが先導した。

迷宮がそんなに楽しみか。

ずんずんと先へ進む。

ワープやフィールドウォークでぴょこぴょこ飛ぶということは、あまりしないようだ。

まあ魔力の無駄遣いだしな。

森の中だと、どっちから来たか、分からなくなりそうでもある。

歩くのに慣れているし、いつも迷宮の中を歩き回っているからとりたてて苦と思わないということもあるのだろう。

しばらく進むと、前方に迷宮が見えてきた。

「お。あそこか」

「そうですね」

最後だけは、一気にフィールドウォークで飛ぶ。

もう迷いようがないし。

「ここがネスコの奥の迷宮か？」

「はい、そうです」

探索者に尋ねると、当たりのようだ。

「あれは何だ？」

迷宮入り口の横には小さな天幕を張った場所があり、人が座って休んでいた。

あんなのは初めて見る。

まあ、クーラタルの迷宮の入り口では騎士団が必死に商売をしているが。

ここでも何かの商売をしているのだろうか。

「一族の場所ですね」

「一族の方ですか？」

ルティナが気づくと、休んでいた人が立ち上がってこっちに来た。

おばば様の一族ということか。

預かったワッペンをリュックから取り出す。

こんなこともあろうかと。

というか、単純に入れたまんまにしていただけだな。

そういえば、迷宮入り口の探索者に見せるように言われたんだった。

あ。

ワッペンに書かれているエンブレムと天幕に書かれているそれが同じだ。

なるほど。紋章を見れば分かるのか。

「これを」

「一族の方ですね。お名前を」

「……」

「ミチオです」

俺の名を答えるべきかルティナの名前を言うべきか迷っていたら、ルティナがさっと俺の名前で答えた。

一族なのはルティナでないか？

まあいいか。

「はい。記録しました。ここは夕方には撤収しますが、それまでに帰られるのでしたら、帰りにまた顔を出してください」

いちいち記録してるのか。

公爵領の迷宮ではそこまではしていなかったな。

やはりおばば様のほうが公爵より一枚上手ということか。

あるいは、記録が必要なほどに追い込まれているのか。

記録をとれば、誰が来たか分かるし、来ないやつも分かる。
信賞必罰が可能だ。
そういうポーズかもしれないが。
「攻略はどこまで進んでいる？」
「今は五十二階層を攻略中です」
迷宮が出てきたときは五十階層までのはずだ。
ルティナの父親みたいにちんたらやっていたら、成長してしまったということだろう。
おまけに近くにもう二つ迷宮ができてしまったので、あわてて攻略していると。
ルティナの父親のところもおばば様に頼んでやってもらえばよかったのに。
やってもらっていたのかもしれないが。
まあ、見放されていた可能性もある。
あるいは、ここの領主がおばば様のお気に入りとか。
若いイケメンだとか。
おばば様の年齢だと、七十、八十でも若いイケメンになりかねないが。
そういう事情については、あまり深入りしないほうがいいだろう。
闇を知りたくはない。
「これで連れて行ってもらえるのは、一番進んでいる階層だけか？」

ワッペンを見せながら聞いた。

「はい。そうなっております」

「分かった。ではしょうがない。一階層から行くとするか」

ロクサーヌたちに向かって告げる。

ハルツ公爵領の迷宮でも、無料で連れて行ってもらえるのは最上位の階層だけだった。一番攻略の進んでいる階層に入るなら迷宮討伐の役に立つからいいが、それ以外の有象無象にまで配慮する必要はないということだろう。

おまえに食わせるタンメンはねえ。

しょうがないので、一階層から入ればいい。

俺たちがどの階層に入るかわざわざ教えることもないし。

「一階層から行かれるのですか？」

受付の人が聞いてきくる。

「そうだ」

「攻略情報の簡単なメモならありますが、ご覧になりますか？」

「それはありがたい。見せてもらえるか」

クーラタルの迷宮では地図が売られていた。

討伐できるかどうかも危ぶまれているここの迷宮ではそんな商売は成り立たないだろう

が、売っていないだけで情報そのものはあるのだろう。

「こちらになります」

紙を見せてくる。

一階層は、まっすぐに進んで奥、とか。

地図ですらないな。

情報ではあるかもしれないが。

二階層は、左に入って、次を右。

これはまあ、ないよりはましか？

かえって迷いそうだ。

「書き写しても？」

「どうぞ」

「では、私が書きますね」

セリーが質問し、リュックから紙と筆とインクを取り出した。

こんなこともあろうかと。

これぞまさしく、こんなこともあろうかと、だよな。

まあセリーはいつも持っているだけか。

「一階層と二階層は覚えたから書かなくていいぞ」

「三階層と四階層は私が覚えました」

ロクサーヌがやる気だ。

「では、五階層はわたくしが」

ルティナも覚えるつもりらしい。

五階層くらいになると、ここで覚えても忘れそうだけどな。

どうなんだろう。

一つの階層だけならそうでもないか。

ロクサーヌは二階層分覚えたのに、五階層だけにしたのは、そういう理由か。

なかなか考えているな。

ええっと、二階層は、左に入って、次を右、だ。

ちゃんと覚えているな。

「やる、です」

「大丈夫だと思います」

こっちの二人は覚える気はなし、と。

やるということは覚えないということだ。

残りの階層はセリーがメモしていく。

短いメモなので、すぐに写し終えた。

「これで大丈夫です。ありがとうございました」

「セリー、ありがとう。そちらも、情報提供に感謝する」

「いえいえ、当然のことをしたまでです。私もここネスコの出身ですので。迷宮討伐へのご協力、感謝いたします」

受付の人はネスコの出身らしい。

まあ近くには住んでいるのだろう。来るのめんどくさいし。

こっちは、おばば様に言われて来ただけで、さほど迷宮討伐へ積極的に協力するつもりはない、ということは黙っていよう。

入るだけで協力にはなる。

迷宮に入るところだけ見せてワープでどこかへ移動してもいいが、あまりそういうわけにもいかない。

五十二階層まで探索が進んでいるなら、迷宮が討伐される日も近いのではなかろうか。

そのときに、入っている記録だけがあって中から出てこないと、まずいことになる。

ごまかしやがったな、と。

一度疑われたら、それまでの全部の記録を信用してもらえなくなる。

ちゃんと入っておいたほうがいいだろう。

「あの、この迷宮が出てきてから、どのくらいたちますか?」

セリーが尋ねた。

おおっ。

なるほど。

六十階層くらいまで成長しているなら、まだしばらくはサボっても大丈夫だな。

「五年前でしたかね」

「そうですか。それでは、この辺りに出現する魔物も厳しく？」

「……いやあ。まだまだでしょう」

出てくるのは五十階層になったときだが、五年でどれくらい成長するんだ？

それが分からない。

迷宮に入って、セリーに聞いてみる。

「五年前に出てきた迷宮だと、階層はどれくらいあるものなんだ？」

「それはケースバイケースなので、一概には言えませんね」

分からないんかい。

なんのための質問だったのか。

ただの雑談だったのか。

「あ。ロクサーヌ、一階層はまっすぐに進んで奥らしい」

「はい、分かりました。一階層の魔物ごとき、立ちふさがるのでなければわざわざ寄り道してまで倒すことはないですよね」

「そうだな」

ついでにロクサーヌにも指示を出した。

四十五階層の魔物ごときもスルーしてほしい。

ロクサーヌが喜び勇んで先頭に立ち、進んでいく。

なんなら迷宮の魔物ごときはすべてスルーしてくれてもいいぞ。

しかしそれでは稼ぎがなくなってしまう問題。

「ただし、この辺りに出現する魔物はやはり少し厳しくなっているようですね」

「へえ。そうなのか」

「先ほどの彼の反応もそうでしたし、魚屋の主人も疎開する人が出ているようなことを言っていましたから、間違いないと思います」

「そうだったな」

俺とセリーは後ろで会話しながら追いかけた。

セリーが出現する魔物が厳しくなったかと問いかけたとき、受付の探索者は、少し言いよどんでから否定した。

つまり厳しくはなってきているのだろう。

「迷宮は、五十六階層まで成長すると周囲に出現する魔物の厄介さが一段階アップするとされています」

「ほう。そうなのか」

迷宮の魔物は十一階層ごとにグループを作っている。

四十五階層から五十五階層までが一つのグループで、五十六階層の魔物はその一つ上のグループになる。

そういうこともあるのだろう。

確実とはいえないが説得力はあるな。

「はい。つまりこの迷宮は五十六階層以上まであるとみて問題ないでしょう。出現して五年もたってますし、まず間違いないかと」

「おおっ。分かった」

セリーはそれを探るためにあの受付に質問していたと。

さすがだな。

五十六階層以上あるまであるなら、討伐されるのはまだまだ先だ。

当面は、ワープを駆使してサボっていればいい。

サボりたい放題だな。

「待機部屋ですね」

セリーと話している間に、ロクサーヌが魔物との戦闘をほとんどさけて、ボス部屋まで連れてきてくれた。

迷うこともなくこれたな。

もっとも、まっすぐに進んで奥だ。迷いようがないとはいえる。この指示で迷わされるようなら、もう少しなんとかしろという話だよな。

二階層は分からんが。

なんだっけ。

左に入って、次を右、だ。

「二階層は、左に入って、次を右だ」

「分かりました」

こうして、サクサクと進む。

まずったな。

セリーは、五十二階層まで全部情報を書き取ったよな?

いや。五十二階層は攻略中だからボス部屋の情報はないか。五十一階層までということになる。どっちにしろ大差はない。

情報に頼らず、四十階層くらいからは自力で攻略すべきではないだろうか。

あるいは三十四階層から。

もっと前からでもいい。

なんなら一階層から自力で攻略すべきだった。

「これ、途中からは自力で攻略すべきではないか？」

まあ一階層からとは言わん。

せめて途中から。

こんなにサクサク進んでしまってはクーラタルの迷宮と変わらんではないか。

「そうですね。敵に歯ごたえが出てくるようになったら」

ロクサーヌにとって歯ごたえのある敵はいつになったら出てくるのか。

しかし、歯ごたえのない敵だから今は回避して進んでいるのか。

そう考えるといつまでも歯ごたえのない敵であってくれても……いいわけがあるか。

より上の階層に連れて行かれるじゃないか。

死ぬじゃないか。

なんなら、一番上の階層まで行って迷宮を討伐しながら、歯ごたえがない、とうそぶきかねないのがロクサーヌだぞ。

「はい。そう思って五十二階層まではメモしていません」

おおっ。

さすがはセリーだ。

こんなこともあろうかと。

「そうだな」

「四十四階層からは自力で攻略してもいいかもしれません」

そこ、四十三階層からにまからんかね。

いや、違う。

四十四階層に引っ張られすぎだ。

四十階層からでいいんだよ。

なんなら一階層からでも。

「四十五階層までは行ったことがあるので、四十五階層からは自力でやるという手もあるかもしれません」

ほら見ろ。

ロクサーヌが上方修正しようとしてるし。

やるという手もあるかも、とか言ってるが、自力でやるという手しかないぞ。

「ネスコの奥の迷宮に慣れる必要もあるし、徐々に上がっていくのがいいだろう。四十五階層から新規になることを思えば、その二つ三つ前から自力で攻略しつつ、順応してくのがいいと思う。そうなると……」

「うーん。四十三階層からですか」

ロクサーヌが勝手に引き取った。

三つ前の四十二階層からは絶対に認めないということですね。分かります。

そもそも、ネスコの奥の迷宮に慣れるってなんだよ。

どこの迷宮も変わらん。

クーラタルの迷宮には入っていたわけだし。

いや。そうではないな。

迷宮が違えば魔物の組み合わせが異なる。

それに慣れる必要が、ある。かもしれない。ということにしておこう。

いや、ある。あるに違いない。確かにある。あるはずだ。

あった。

「魔物の組み合わせは、一つ上の階層に上がったくらいでは、その階層の新しい魔物が加わるだけであまり変わらないからな。やはり二つ三つ前から慣れていくのがいいだろう。四十五階層はほぼまったくの新規になるのだし」

「新しい魔物が一番多く出てきますが」

ロクサーヌが厳しい反論を。

その階層で一番多く出てくるのはその階層の魔物だ。

一番多く出てくる相手にはその階層へ行かなければ慣れようがない。

「しかし、残りの半分は旧来の組み合わせということでもあります」

おお。

セリーがちゃんとした反駁《はんばく》を。

さすがはセリーだ。

「そうだとしても、三つも下の階層からにすることはないのでは？」

「それはまあそうですね」

おい。

説得されるな。

「四十四階層も自力で攻略したことはないのだから、ある意味新規と考えれば」

「いいえ。ご主人様と私たちなら、四十四階層はほぼ問題ないと考えます」

それはロクサーヌだけだ。

と言いたいが、言えない。

反論しにくいことを。

こちらを褒めつつ反論を封じてくるのは卑怯《ひきょう》だろう。

「迷宮が出現して五年。まだ討伐されていないところを見ると、四十三、四階層が攻略されたのはそんなに前の話ではない可能性もありますが、低階層ほど早い時期に攻略されたでしょう」

「それはまあそうだろうな」

セリーが何か言ってくる。

この裏切り者めが。

「中に魔物がたまっている小部屋は、攻略の段階である程度は駆除されたと思いますが、五年もたっているならまた一からたまるかもしれません。あまり低階層をしらみつぶしに探索するのも危険を招く可能性があります」

「それはそのとおりだな」

まさにセリーの言うとおり。

さすがはセリーだ。

「はい」

「まあ四十二階層はやめたほうがよかろう。だが、四十三階層はどうだ。四十四階層からというのも、少し余裕がなさすぎじゃないか?」

「うーん。そこは難しいところですね」

よし。

セリーが再び悩み始めた。

四十三階層から、というのは悪くない線だろう。

いや。本当は四十階層くらいからにしたかったのだが。

うまく騙《だま》されているのはこっちではないだろうか。

「まあそうですね。分かりました。ご主人様のおっしゃられるとおり、慣れることも必要だと思います。ですから、四十三階層から自力でアタックするのがいいでしょう」

「そうですか。ロクサーヌさんがそう言うのなら」

ロクサーヌとセリーで意見がまとまってしまう。

こうなってしまえばもう決定だな。

これ以上交渉する余地はない。

「うむ」

俺にできることは、満足そうにうなずくことだけだ。

まあ、下手をすればもっと上の階層からになっていた。

下手をしなくても四十五階層。なんなら、五十二階層まで進まされることもありうる。

それを四十三階層に抑えたのだから、立派な成果といっていいだろう。

誇ってもいいくらいだ。

「やる、です」

「大丈夫だと思います」

この二人は、まあこうだし。

「はい。あのおばば様のためになるのは少し釈然としませんが、迷宮の討伐には邁進《まいしん》すべきですから」

ルティナにも異論はなしか。

「よし。ではそういうことで。四十二階層までは情報に沿って進もう」

「分かりました」

「頼む」

ロクサーヌの先導で進む。

さすがに、あの簡素な情報では迷うところもあって、その日のうちには十階層までしか上へ入ることができなかった。

思ったより時間かかるな。

四十三階層に行くまでに、さらに数日はかかるだろう。

いい傾向だ。

「そろそろ夕方ですかね」

「リンカペ、です」

夕方、迷宮を引き上げる時刻になるとミリアがすぐに反応した。

きっとそれが楽しみで今日一日を戦っていたに違いない。

「よし。では帰って夕食にしよう」

迷宮から、直接クーラタルの冒険者ギルドに飛ぶ。

昼休みなどに休憩を取るときには、一度外に出ておばば様の一族の受付に名前を告げてきたが、帰るときにはなしでいいだろう。

いちいちめんどくさくもあるし。

中に入っていて迷宮で稼いでいると思わせておけばいい。

夜になったら勝手に帰ったと判断されるだろう。

ネスコも多分ボーデと同様北のほうにあるから日が暮れるのは遅いだろうが、別に問題になるほどではないはずだ。

夕方には撤収すると言っていたので、白夜になるほど北にあるわけではあるまい。

迷宮が討伐されてしまうと、中にいるはずの俺たちが出てこないのはまずいことになるが、すぐに討伐されるような攻略状況でもないようだしな。

これでいいだろう。

クーラタルで買い物をして、再びクーラタルの冒険者ギルドから家に帰った。

便利すぎる。

商店はクーラタルの中心部に固まってあるし、ワープで移動できるのも大きい。

コンビニなどはないが、ワープがあることを加味すると現代日本とどっちが便利かは簡単に決められることではない。ここはかなりいい場所だろう。

「焼く、です」

家に帰ると、ミリアがすぐに台所にかっとんでいく。

「まあ俺は風呂を入れるか。おばば様から買ったブツの着け方は、風呂上がりでな」

「はい」

その楽しみもあるんだよな。

ルティナに言い置いて、俺は風呂を入れた。

ここのところ風呂は毎日入れている。

今が一番暑い時期だろうからな。迷宮内は、割とひんやりしていて特に暑くはないが、
どうしたって汗はかく。さっぱりしたい。

まあ、風呂を出た直後にもすぐ汗をかいているが。

しょうがないだろう。

それとこれとは別。

甘いものは別腹だ。

それをやめるなんてとんでもない。

風呂を入れるのも、今となっては特別大きな負担ではない。

ルティナも一部手伝ってくれるし。

風呂を入れ終わってから、夕食に一品作るくらいの余裕はある。

「よし。こんなものか」

「はい、です」

夕食も作り終え、テーブルに運んで食した。

「おおっ。これはなかなか」

「そうですね」

なんとかいう魚も、十分においしかった。

名物にうまいものなしとは。

まあ、ミリアの魚選びと調理が勝っていたからかもしれない。そっちのほうがありそうではあるよな。

オスのほうは、ねっとり濃厚な肉の味わい。

すごい。

うまい。

メスは、イクラの入ったししゃもみたいな感じ。

イクラとはまた違うか。でもまあ、例えるならそんな感じ。単純な塩味ではない深い味がする。食感も楽しめるし、これはすごい。

どちらもたいしたもんだ。

「うまいか？」

「はい、です」

ミリアも大満足だ。

まあミリアならどんな魚でも満足するかもしれないが。
食事のあとは、風呂に入って疲れを溶かす。
さらに疲れを増すような馬鹿なまねはせず、ゆったりとお湯につかった。
まあ、ゆったりというか、まったりというか、もったりというか、ねっとりというか。
一つの桶に女体が五つ。
その中を泳ぐ。
自由形だ。
あとは、分かるな。
やったりとかはしていない。
疲れを増してはいない。
いないのだ。
風呂を上がり、キンキンに冷えた氷水でのどを潤したら、ベッドルームへと向かう。
そう。
疲れることはここでやればいい。
色魔もあるので疲れたりはしないのだが。
しないのだ。

「いいお湯でした」

ベッドで待っていると、ネグリジェに着替えたロクサーヌたちがやってきた。

帝都の服屋で買ったキャミソールだ。

ネグリジェにはいいよな。

薄いし。

着脱も簡単だし。

「そうだな」

「はい」

ベッドにやってきたロクサーヌをキスで迎える。

ここで脱がすようなことはしない。

まだまだたっぷりと楽しむ時間はある。

ゆっくり楽しめばいいだろう。

「ではルティナ、これを」

しばらくは順番に堪能し、最後のルティナを終えた。

ここで例のブツをアイテムボックスから取り出す。

ボディークリップだ。

上部は、見た目割と普通のネックレスっぽい感じになっている。

「はい」

ルティナの首にかけた。

さて、さらにここからだ。

ボディークリップの下部には、二本のチェーンがついている。

ルティナのネグリジェに手を差し入れ、もぞもぞとまさぐった。

「ちょっとおとなしく待ってろ」

これはたまらん。

ルティナの肌をなでさすりながら手のひらを滑らせていき、チェーンをつかむ。

チェーンの先のクリップを確認し、左手で豊かな山塊を固定した。柔らかで弾力にあふれた山肌は支配を逃れるかのように暴れるが、しっかりと包み込むことによってなんとか押さえつける。滋味に富んだ山塊は手のひらに全部が収まることはない。弾力と反応とを楽しみながら、山の上半分を鎮めた。

そして、綺麗《きれい》な桜色のその頂にクリップを取りつける。

「あっ……」

いい声だ。

「よし」

「……ええっと。あの……」

「大丈夫だ」

こういうものだから仕方ない。

ボディークリップだからな。

体の一部を挟むのだ。

装着すれば、装備品なのでピッタリと体にフィットする。

「あぁっ……」

「次だ」

チェーンは二本ある。

もう片方は、左右対称になっているもう片方の山の頂に着けるということだ。

美しい桜色のその頂に。

「ん……んんっ……」

この程度の声で今夜は済まされると思うなよ。


「おはようございます」

「ああ。おはよう、ロクサーヌ。みんなもおはよう。んんっ」

たっぷりと美声を堪能し、翌朝もロクサーヌのキスで目覚めた。

それから順番にみんなとキスしていく。

「んっ……んあっ……。お、おはようございます」

最後にルティナとキスをした。

ルティナとのキスも順調に濃厚になってきている。

まあ周囲にそういう見本しかないからな。見よう見まねでやればどうしてもこうなる。ならざるをえない。

自分だけ我流で消極的に、なんてことは許されない。

空気読め、空気。

周囲の人を見て同じようにまねしながら、人は成長していくのだ。

「よし、じゃあ装備を着けて迷宮に行くか」

「はい。そうですね」

アイテムボックスから装備品を出して、みんなに配った。

最後に、ルティナにも配る。

ボディークリップとともに。

「ルティナはこっちに」

ボディークリップは、寝る前に外しておいた。

装着したまま寝るのは大変だろう。

そこまで鬼畜強制したりはしない。俺は優しい。優しいのだ。
外せばまた着けられる、なんてことは、別に考えていない。
ほとんど考えていない。
あんまり考えていない。
それほど考えていない。
考えていたとしてもわずかだ。
ほんのちょっと。
ちょっとだけ。
さきっちょだけ。
さきっちょだけだから。
「んっ……」
相変わらず耳元でいい声を出す。
さきっちょだけいいだろうか。
「これからもこの装備品は俺が着けてやるからな」
「……はい。んんっ……」
左右二つあるのがいいよな。
なぜ三つないのか。

まあ装備品だから迷宮で着けるのはしょうがない。
迷宮から帰ってきたら、お風呂に入る前に外してあげよう。
風呂に浸かって錆《さ》びたりしたら大変だからな。装備品だし錆びないだろうとは思うが。
そして風呂上がりにはまた装着する。
必要だ。
絶対に必要なことだ。
うむ。
完璧なサイクル。
一日のルーティーンが決まったな。
「これで完璧かな。どうだ？」
「はい。あの……いえ、大丈夫です」
着け心地もきっと悪くないに違いない。
着けるのは、気持ちがいい。
問題があるなら、いつだって着けなおしてやるからな。
準備はばっちりだ。
いつでも言ってきてくれ。
「今日は十階層の途中からか」

ネスコの奥の迷宮には直接飛んだ。

いちいち入り口の探索者に顔を見せる必要はないだろう。

朝早いから今いるかどうかも分かんないし。

いたとしても陣取る前から迷宮に入っていたことにすればいい。

仮に迷宮が討伐されていたとしても入れないだけだ。なんの問題にもならない。なりようがない。

まあ、連日これをやっていれば、いつもは朝早くから来ているのに討伐した日だけ来ていないのはおかしい、という話になるかもしれないが。

そんな、明け方のごく短い時間にピンポイントで討伐されることはないだろう。

あったとしても、今日は寝坊した、で言い訳はできる。

朝だからな。

「十階層は右奥のほうですね」

「分かりました。こっちですね」

「頼む。ルティナも問題ないな?」

「は、はい」

問題はないらしい。

セリーの情報に従って攻略を進め、朝食前に迷宮を出る。

ネスコ奥の迷宮の外に出ると、この日もちゃんと一族の探索者がいた。

ご苦労なこって。

「あ。お疲れ様です。朝、我々が来るよりも前から迷宮に入っておられたのですか？」

「ミチオだ。そのようだな」

エンブレムの入ったワッペンを見せながら、肯定する。

俺たちが迷宮に入ったときは、誰とも会っていない。

会っていないのだから、どちらが先かは確定していない。

確定していないのだから、どちらの可能性も否定はできない。

シュレディンガーの猫状態だ。

うそはついていないな。

「分かりました。そのように記録しておきます。昨夜も遅くまで迷宮に入られていたようですね。がんばっておられるようです」

「うむ。では、しばし食事に行ってくる」

まあちゃんと迷宮には入っているのだし、問題はないだろう。

朝食の後は、再び正面入り口から名前を告げて入り、休憩に何回か出入りしたあと、夕方には迷宮内から直接ワープで帰った。

完璧なサイクルだ。

おばば様にもちゃんと報告しておいてくれよ。

翌朝も、やはり家から迷宮に直接飛び、朝食前に迷宮の外に出て、記録だけを行う。

「お疲れ様です。今朝は暗いうちからいたのですが、よほど早いのですね」

くっ。

疑っているのか。

罠《わな》にはめようというのか。

「来たときには誰とも会っていないな」

確かに会っていない。

誰とも会っていない。

うそは言っていない。

問題はないぞ。

シュレディンガーの冒険者だ。

「そうなのですね」

しょうがないので、その翌朝は直接迷宮に飛ぶのではなく、入り口付近にワープした。

「って、誰もいねえじゃねえか」

誰もいなかった。

一族の探索者が来るのは俺たちよりも遅いのか。

周囲はもう明るくなっている。

昨日だけが早かったのか。

しょうがないので迷宮に入り、朝食前に記録を取るために外に出た。

「お疲れ様です」

「今日はちょっとゆっくりめに来たのだが、誰もいなかったな」

「いやあ。昨日だけが特別で。いつもはこんなもんです。かなり早くから活動されておられるのですね」

「ふうん。そうなのか」

驚かせやがって。

疑っていたとかでなく、たまたまだったに違いない。

これからはもう、気にせず直接迷宮に飛ぼう。

どうなろうと知ったことか。

こちとらシュレディンガーの冒険者だ。

おばば様への報告だけ、ちゃんとしておいてくれよ。

それからは、早朝は迷宮に直接ワープして、夕方も迷宮から直接帰った。

途中、食事や休みのときだけ、入り口を使って一族の探索者に顔を見せる。

記録を取っているようだからな。

できることはしておかねばならん。

もちろん、迷宮に入って、ちゃんと攻略も進める。

「これで四十二階層までは終わりましたね。次からは自力で探索するのでしたよね？」

「そうだな。ロクサーヌ、頼むぞ」

「はい。おまかせください」

あっという間に、四十三階層までは来てしまったな。

すぐだったな。

まあしょうがない。

攻略情報があったのがいけない。

クーラタルの迷宮みたいに、一日一階層にしておけばよかったか？

しかしそれをやると、ロクサーヌが五十二階層まで一日一階層とか言い出しかねない。

やらないでよかっただろう。

「は？」

というのに、その日のうちに四十三階層のボス部屋に到着してしまった。

「待機部屋ですね」

ロクサーヌがあっさり言い放つ。

いやいや。

待て待て。

おまえ、絶対四十三階層の攻略情報を見ただろう。

露骨すぎんだろ。

「……」

「……」

セリーを見るが、懸命に首を振っている。

セリーが見せたわけではないということか。

たまたまか？

攻略情報なしに、こんなに早くボス部屋に着けるのか？

それはないよな。

まあしょうがないので、四十三階層を突破し、四十四階層へ移った。

さすがに、その日のうちに四十四階層まで突破とはならず、無事に過ぎる。

「……待機部屋、だな」

しかし、翌日にはあっさりと四十四階層のボス部屋に着いてしまった。

「はい。簡単でしたね。この迷宮は広くないのかもしれません」

ロクサーヌはこんなことを言っているが。

絶対攻略情報見てるだろう。

「……特に狭いということはないと思いますが」

セリーは、見せていないと首を振った。

セリーじゃないとすると、最初に一族の探索者が見せてくれたときに全部覚えたとか。

意識的に思い出しているのではないとしても、脳内のどこかにその情報が残っていて、無意識のうちに正解が思い浮かぶ、ということはあるかもしれない。

ロクサーヌの迷宮への執着具合を考えると。

どんな記憶力だよ。

恐ろしいな。

俺なんか絶対に覚えてないぞ。

一階層は、まっすぐに行って次を右、だったっけ？

いや、違うな。左に進んで奥だったような気がする。

どっちかが一階層でどっちかが二階層だ。

あやふやだが。

二つ覚えたのがいけないよな。

こんなもんだぞ。

「かんたん、です」

「すごいと思います」

「迷宮攻略が進み討伐に近づけるのなら、悪いことはないでしょう」

この三人は能天気すぎる。

とうとう、四十五階層まで来てしまった。

あっという間だぞ。

下手したらこれから先も。

「よ、四十五階層はクーラタルの迷宮もまだ突破していない。あちらを先にするのはどうだろう」

「四十五階層の魔物ごとき、敵ではないと思いますが」

能天気ロクサーヌめ。

絶対に四十五階層の攻略情報も覚えているだろう。

このままでは五十二階層までまっしぐらだ。

せめて、少しは遅らせる必要がある。

遅らせなければならない。

カルタゴは滅ぼされねばならない。

塩まくぞ。

「いやいや。それはどうだろう」

「それに、ベイルの迷宮のころはクーラタルの迷宮があとでした」

ベイルの迷宮には攻略情報などなかったからだ。

「あのころはまだ低階層だったからな。さすがに四十五階層まで来たならば、情報の多いクーラタルの迷宮を先に経験したほうがいいのではないか」

「なるほど」

「そうですね。クーラタルのほうが人が多いので、安全に戦えるということもあります」

セリーが援護射撃をしてくれた。

「まあどちらが先かなどたいした問題ではないですか」

ロクサーヌが妙な納得をしている。

一度覚えた迷宮の攻略情報は絶対に忘れないということだろうか。

人の記憶とは薄れていくものだ。

少しずつ。

着実に。

昨日より今日、今日より明日、明日より明後日《あさって》と。

少しでも日がたてば、それだけ忘れるに違いない。

できればすべて忘れていただきたい。

忘却の彼方へと。

「それならばより安全なクーラタルの迷宮でよかろう」

「分かりました」

よし。

勝訴。

ロクサーヌを説き伏せることに成功した。

「よし。それではクーラタルの迷宮へ移動するか。ここへは朝と昼に何度か顔を見せればいいだろう。いちいち来るのは面倒だが、そこはしょうがない」

「はい」

「そうですね」

ロクサーヌとセリーも賛成か。

「ルティナもいいな」

「はい。結局は迷宮の討伐を進めることが第一ですから。一族が関係する迷宮であろうとそうでなかろうと、場所はどこだろうが問題ありません」

ルティナも問題ないようだ。

一応、このネスコの奥の迷宮へはルティナの一族のおばば様から入るように言われて来ているわけだが。

まあおばば様のことを別に尊重している感じはないよな。

少なくとも慕っているそぶりはない。

いいことだ。

「よし、移動する」

ワープでクーラタルの四十五階層へ飛んだ。

ここも何日かぶりだな。

ちょっと四十五階層に慣れるくらいまで、は無理にしても、少しは時間を稼ぎたい。

少しは。

「こっちですね」

「お。四十五階層の魔物か」

ロクサーヌがすぐに先導を開始する。

この調子では難しいかもしれないが。

長くは無理だろう。

「いえ。近くにはいませんね。ボス部屋がこっちです」

「ボス部屋？」

「はい。当然ボスとの戦闘を繰り返すのですよね？」

ロクサーヌがいい笑顔で質問を返してきた。

ボスとの戦闘を繰り返すって。

確かに、昔はそうしていたこともあったが。

ロクサーヌが笑顔で圧迫してくる。

これは否定しづらい。

「ああ、いや。ああ、それなら地図を」

「大丈夫です。四十五階層をどう案内しようか考えたことがあったので、ボス部屋の場所くらいはばっちりです」

「確認したほうがよくないか?」

「迷宮の情報ならそう簡単には忘れません」

忘れないらしい。

確かに、ロクサーヌなら忘れなさそうな感じはする。

絶対忘れない。

忘れないよな。

つまり、ネスコの奥の迷宮も五十二階層までばっちり、ということだ。

おい。絶対覚えているだろ。

「クーラタルの迷宮でボス戦を繰り返したあと、ネスコの奥の迷宮でその階層の探索を行うというのはどうなんだ?　順番おかしくないか?」

せめてもの抵抗を試みた。

「情報の多いクーラタルの迷宮でボス戦に慣れておけば、違う迷宮でも安心安全に戦えるということでは」

安心安全の基準が俺とロクサーヌとで違う。

そりゃあ四十五階層に慣れたら一階層二階層の魔物などは楽勝だが、そういう問題じゃないだろう。

「まあ普通は逆ですよね」

おおっ。

さすがセリー。よく言った。

流されず、常に物事を合理的に考えるセリーならではの指摘だ。

「そうそう。ステップバイステップ。徐々に徐々に。なるべく段数を多くして、ゆっくり慣れていくことが大事だから」

「なるほど。そうですか」

セリーがこちらについたことで、ロクサーヌも軟化したらしい。

これはいける。

「少しずつ少しずつ。一日一歩」

なんなら、三歩進んで二歩下がりたいところだ。

「分かりました。なるほど、おっしゃられるとおりですね。クーラタル迷宮でのボス戦は、たしなむ程度にしておきましょう」

「そ、そうだな」

これは、分かってくれたのだろうか。

お酒は毎晩五合なのでたしなむ程度、とかのたしなむ程度じゃないよな?

「うーん。あまりいい魔物がいませんね。ここはボス部屋に直行しましょう」

「そ、そうか」

ちなみに、俺も毎晩毎晩ベッドではたしなむ程度だ。

だからたしなむ程度なのはしょうがない。

「まだいませんね。もう一周くらいボス部屋を周回すれば、復活するでしょう」

「……そうかもな」

しょうがない。

たしなむ程度。たしなむ程度だ。

「あ。手ごろな魔物がいました。サクッと倒してボス部屋に向かいましょう」

「お、おう」

たしなむ程度とは?

結局、ボスの相手を多数させられてしまった。

これではほぼボス周回といっていい。

甘く見ていた。

やはりロクサーヌはロクサーヌだったか。

「そろそろ夕方ですかね」

「……そうか。そろそろ終わるとするか」

「はい。今日のところはこのくらいにしておきましょう」

ロクサーヌ、まじロクサーヌ。

今日はこれくらいで勘弁してやるとのロクサーヌのご託宣により、無事迷宮での活動を終了する。

明日のことなど考えたくもないので、さっさと迷宮を出て、買い物をし家に帰った。

ネスコの奥の迷宮には立ち寄っていない。

あそこは別にいい。

日が暮れるまで俺たちが迷宮にいると勝手に解釈するだろう。

家に帰ると、装備品を外し、普段着となって夕食を作る。

一部ロクサーヌなどは装備品の手入れをしてくれる。

「ルティナ、こっちへ」

俺も、その前にやることがあった。

ルティナの装備品を外してやらなければならない。

重要で貴重で素晴らしい装備品だからな。

俺以外の人間が外すなどとんでもない。

ルティナが自分で外すのももってのほか。

この権利は誰にも譲るつもりはない。

「……は、はい」

「もう今日は迷宮から出たので、装備品は外してもいいだろう」

「はい」

まあさすがに服を脱がせたりはしない。

しないので、手を入れてまさぐる。

これがいい。

これが最高だ。

そして、ボディークリップが装着している箇所を優しく探り当てる。

優しく。優しくだ。

優しく、ゆっくりと、丁寧に。

柔らかな肌をなめるように指を滑らせる。

「この装備品にも少しは慣れたか？」

「はい、多少は」

いい傾向だ。

「これからも、俺が着け、俺が外すからな」

「はい……んっ……」

おっと。

つい力を入れすぎてしまったか。

大丈夫か？

「やはりこの装備品の着脱は大変だな。慣れが必要だろう。慣れた人間にまかせるのがいい。まかせるのが素晴らしい。まかせるのが一番だ。ゆえに俺がやる」

以上証明終わり。Q.E.D.

きゅっといーことでっせ。

きゅきゅきゅっとえらいことでもしまっせ。

キュッとエロくて獰猛《どうもう》に。

「……はい」

了承をいただけたようだ。

どうもすいません。

キュキュッとな。

そして、食事をとり、風呂から出たら、また装着する。

当然のことだ。

大切な装備品を着けたままお風呂に入るわけにはいかないからな。

まあ、装着したまま泡まみれにして洗ってみたい、という気はするが、そうはいかないだろう。

想像したらますますやりたくなったが、そうはいかない。

別にベッドで似たようなことをすれば同じことだし。

そうだ。

そうなんだよ。

同じにすればいいのだ。

「ではルティナ」

「……はい」

手元に抱き寄せた。

豊かな山塊全体を洗うように優しく包み込む。

そして装着するために押さえ込めば。

「よし」

「んんっ」

これか？

これがええのんか？

貴重で素晴らしい装備品なのでできる限り装着しておいたほうがいい。
もちろん寝るときにはちゃんと外してやるから問題はない。
明日の朝着けるために。
装備品は外すために着ける、着けるために外す。
人生は生きるために死ぬ、死ぬために生きる。
なんの問題もないだろう。

―・第六十章　への道

ルティナ

現時点のレベル＆装備

魔法使い	*Lv35*
装備	ひもろぎのロッド 硬革のジャケット 革の帽子 革のグローブ 革の靴 ボディークリップ

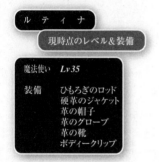

「また簡単にボス部屋が見つかってしまいましたね。やはりこの迷宮は少し小さいのではないでしょうか」

クーラタルの迷宮に寄り道した程度ではロクサーヌの快進撃は止まらなかった。

ネスコの奥の迷宮の探索はサクサクと進んでいる。

絶対に攻略情報がインプットされているからだろ。

本当に意識はしていないようなので、無意識のうちに参照されているのだろうが。

ロクサーヌなら迷宮の情報を忘れないに違いない。

一度見た情報を忘れないということはあっても、ネスコの奥の迷宮が特に小さいということはないだろう。

「別に小さいということはないよな?」

「……はい」

セリーも同意見のようだ。

どうしてくれようか。

一階層の攻略に一日かかるどころか、まだ朝だぞ。

露骨すぎんだろ。

「今日はこのままネスコの奥の迷宮でボス戦を周回、いや、クーラタルの迷宮に移ったほうがいいだろうか」

ボス戦を周回、などと言いつつ、次の迷宮のボス部屋を見つけかねない。

ロクサーヌなら。

それでもロクサーヌなら、ロクサーヌならきっとなんとかしてくれる。

「ボス戦を周回するのもいいと思いますが」

どうだあの目は。

絶対に次のボス部屋を見つける。

そういう目をしている。

やはりここはクーラタルの迷宮に移動するのがいいだろう。

「うーむ」

「クーラタルの迷宮に行って早く次の階層を試してみるのもいいですね」

そうなんだよな。

クーラタルの迷宮に行けば行ったで、階層がまた進んでしまいかねないのが難点だ。

「やはり攻略のスピードが速すぎるな。慣れるためにも、クーラタルの迷宮では通常の戦闘を一日、ボス周回を一日という風にするのがよくないか？」

「対応するのに慣れが必要になるほどの魔物が出てきたらそうでしょう。今のところは、そんな必要性は微塵《みじん》も感じませんが」

感じてくれよん。

「うーん」

「まあ速いのは確かですね」

「そうだろうそうだろう」

さすがセリーだ。

よく分かっている。

一般人枠代表といっていいだろう。

「ただ、現状そこまで過敏になることでもないかと」

「そうか？」

「一階層上がっても結局魔物は一階層分しか強くなりませんし」

「な、なるほど？」

これが合理的な考えというものだろうか。

「そうですよね。魔物も、ちまちまと強くならず、たいして変わり映えもしないのだから一気に強くなればいいものを。それならば慣れる必要も出てこようというものです。今の段階では、一階層や二階層や三階層などの違いは誤差に等しいでしょう」

三階層は、さすがに違ってくると思うぞ。

ロクサーヌなら本当に違わないのかもしれないが。

というか、ロクサーヌが慣れる必要性を感じるころには、俺は終わってしまっているということだな。

セリーが変に合理的だから、ロクサーヌの思考が向こうのほうに固まってしまったではないか。

クーラタルの迷宮で数日引き延ばすのは無理そうだ。

ここはやはりネスコの奥の迷宮で。

いや。それではすぐに階層を突破してしまいかねん。

それならクーラタルの迷宮で一日だけでもすごして、記憶が薄れる可能性にワンチャン賭けたほうがいいかもしれない。

あまり分のいい賭けではなさそうだが。

ロクサーヌなら忘れなさそうだが。

多分絶対に忘れないだろうが。

「おはようございます。今日も相当に朝早くから入っておられたのですね」

迷宮の外へ出ると、一族の受付探索者が迎えてくれた。

彼はここの専属のようで、今では顔見知りだ。

相当に朝早くと言っているから、今日は早めに来たのだろう。

もう知ったこっちゃない。

早かったり遅かったりするのが悪い。

いちいちかまってられるか。

ひょっとしたら、おばば様の命令で早く来たり遅く来たりしているのかもしれない。

朝早く、受付が来る前から迷宮に入っているような人が本当はどのくらい早く来ているのかを探ることができる。

毎日同じような時間に来ると、それより少し前に迷宮に入ってしまえばいいからな。

少し前に入るだけでかなり朝早くから活動していると誤解させることができる。

そんな不埒《ふらち》な輩《やから》をあぶり出せる。

迷宮に直接飛んで入り迷宮から直接飛んで帰る、なんてことは想定してないだろうし。

夕方終わる時間も、早く帰ったり遅く帰ったりしているのかもしれない。

これなら、遅く帰るふりをしているだけのやつが分かる。

なにげに恐ろしいおばば様。

「ああ」

「そういえば、カッサンドラ様より伝言がございます。がんばっているようでなにより、一度顔を見せるように、とのことでございます」

「承知した」

なるほど、こういうルートで話を伝えることもできるのか。

受付の探索者のほうは、そもそもおばば様の一族の息がかかっているのだから、伝言を頼むことは簡単だ。あとは、こっちがちゃんと迷宮に入っているかどうかさえ確認すればいい。入っていて記録が残っているなら受付にちゃんと顔を出しているわけだから、話は伝わる。

うまいこと考えているな。

「よろしくお願いします」

これで俺がおばば様のところへ行かなかったりしたら、受付の探索者が叱責《しっせき》されたりするのだろうか。

まあ別にそんなことはどうでもいいか。

困らせたいわけでもなし。

一族の中に派閥があったら、敵対する派閥の人間には教えないとかありそうだ。

俺はさしずめハルツ公爵派というところか。

そんな派閥ならどうでもいいな。

しかしどうなんだろう。

ハルツ公爵はそもそも一族に入っているのか？

カシア派かもしれない。

ルティナ派、はあるわけがない。

あったとしても確実に伝言をオミットされる側の派閥だろう。

あのおばば様のことだから、そういう派閥対立を巧みに乗りこなして、一族の長の地位を保っている可能性はありそうだ。

やはり恐ろしいおばば様。

「顔を見せるようにか。早いほうがいいだろうな？」

「貴族の慣習は知りませんが、早いほうがいいでしょう。伝言したことは報告すると思います。それよりも遅くなると向こうの印象が悪くなるかと」

セリーが答えてくれた。

報告といっても、受付の探索者がおばば様と直接つながっているということはないだろう。ワンクッションかツークッション入るはずだ。受付の探索者だって昼間は迷宮入り口にいるとすれば、報告を上げるのは夕方になってからかもしれない。

おばば様が伝言を頼んだのが数日前、伝えたという報告が返るのが数日後というところか。都合一週間くらいかかる。

それなら、早く行ったほうがいいかもしれない。

報告より遅いようだと、何してんのかということになる。

「そうか」

「わたくしも早いほうがいいと思います」

伝言を頼んで返事が返ってくるのが一週間後とかいう時間感覚だと早すぎると思われる

可能性もあるが、そんなことはないみたいだ。

ルティナまでが賛成してきた。

「ルティナも行くよな」

「いえ。わたくしは行かなくても」

「行くよな」

「……はい」

おばば様の矢面に立ってもらうにはルティナも連れて行ったほうがいい。

ゴスラーみたいに俺は行かないとかいうことは許されない。

ルティナの実家にはおばば様もうるさく言っていたようだし、苦手になるのは分かる。

分かるが、行かないという選択肢はない。

「朝食の後、俺とルティナは出かけてくる。あとのことは頼むな」

「分かりました」

あとのことはロクサーヌに頼んだ。

朝食後に商人ギルドへ行ったりハルツ公爵のところに行ったりするのはいつものことなので、問題はない。

食事のあとに出かける。

前に。

「ルティナ、装備品は外して行くか」

「あ、はい。お願いします」

おばば様のところへ行くのにあの装備品を着けていく必要はないだろう。

「よし」

「……んんっ」

装備品を外してやった。

短い時間着けていないくらいはなんでもない。問題はない。迷宮に入るのでなければ特に必要はない。

取り外すことも問題はない。むしろ着脱してほしい。繰り返してほしい。一日に何度着け外ししてもいい。何度でも大歓迎だ。

服を着たまま、ごそごそと手を差し入れて無遠慮にまさぐれるのがポイント高いよな。

大切なのは俺が外すことだ。

ルティナの装備品を外す権利は俺にしかない。

誰にも譲るつもりはない。

本人でさえも外すことは許されない。

着けるのは、俺の目の前でやるのならじっくり観察してやってもいいが。

鑑賞したいくらいだが。

今度やってもらうか。

しかし、本人が戸惑うことなく着けるようになったら、次は外すようにもなるだろう。

それはまずい。

俺が着け、俺が外す。

この権利を大切にしたい。

守りたい、この権利。

「ミチオという。カッサンドラ殿に取り次ぎを願いたい」

装備品を外して自由になったルティナと一緒におばば様のところへワープした。

「分かりました。お取り次ぎいたしますので、しばらくこちらでお待ちください」

この間と同じ待合室で待機させられる。

そういうシステムになっているのだろう。

勝手に行けというハルツ公爵のところがおかしいわな。

まあ、伝言を受けて来ているのだ。来たら待合室に通しておけくらいの指示は出ているのかもしれない。

待合室でもそれほど待たされることなく、すぐにおばば様の部屋へと案内された。

「おお。おぬしらか。よう参ったのう」

「は」

呼ばれたから来たのによう参ったはないだろう。

とは思ったが、社交辞令みたいなもんか。

じゃあまた今度な、今度っていつだよう。

「報告は受けておる。がんばっておるようだな」

「は」

ワープで適当にごまかしているだけだけどな。

こちら側も社交辞令でごまかしておくしかないか。

「連日長時間迷宮に入っているそうだが……」

「まあ生活があるので」

そうだった。

この世界の人は適当に休んだりサボったりしているらしい。

うちはブラック企業だった。

まあしょうがない。

ほかに娯楽や生活の糧があるわけでなし。

迷宮に入るよりほかにやることもない。

いや。娯楽はあるが。

色魔をフル活用すればもっと楽しめるが。

「ルティナのほうも、問題はないかえ」

「わたくしは大丈夫です。ご配慮いただいてありがとうございます」

「まあおまえのところはあれだったからね。迷宮討伐のためにもしっかりおやり」

「は、はい」

一言多いんだよね、このおばば様。

素直にルティナのことが心配だと言っておけばいいものを。

セルマー伯が迷宮討伐をサボっていたことを持ち出してもしょうがあるまい。

「今日来てもらったのは、おぬしに依頼をしようと思っての」

「ほうほう」

ワープインチキのおかげで認められたようだ。

「がんばっているようだからの。まあ別に見込んではいないが、頼みだ。失敗したからといって問題になるようなものではない。軽い気持ちでやってくれればいい」

本当に一言多い。

「依頼とは？」

「ネスコから沖に出た海の向こうに、グリニアという土地がある、はずなんだ。あたしが小さいころにはまだ中継地が生きていて、帝国の一部だった。向こうへ渡った一族の女もいる。まあさすがにもう生きちゃいないだろうがね」

百七歳だからな。小さいころというと、下手をすれば一世紀昔だ。

「グリニアねえ」

「ひ孫かやしゃごかは、運がよければ生きているだろう。おまえさんには、できればグリニアに渡って、どうなっているか見てきてほしい。力のある冒険者ならば無理なことではないはずだ」

「今は行けないので？」

「なんらかの方法はあるかもしれんし、今でも行き来している冒険者はいるかもしれん。しかし聞いたことはないね。少なくとも、一族の冒険者にはいないはずだ。かといって、わざわざ命ずるようなことでもない。今さらグリニアと連絡が取れたからどうだということでもないからね。そこで、おまえさんだ」

つまり、員数外のあまっている人間だからどう使ってもいいということか。

行ければよし、行けなくともよし。

グリニアに行くこと自体は重要でも喫緊でもないということだろう。

「行けなくともよいと」

「いやいや。もちろん、優秀な冒険者ならばたどり着けると見込んで依頼をしておる」

そんなこと思ってないだろうに。

「ふうん」

「頼むのはあたしの個人的な都合だ。向こうへ渡った一族の者がどうなっているか聞いておきたいというね。今ではグリニアなんて名前も知らない一族の者も少なくないだろう。単にあたしが聞いておきたいという話だ。生きているうちにね」

　くたばりそうもないくせに。

　生きているうちにと言われて、全力でがんばると答えるような間柄でもないはずだぞ。

　俺もルティナも。

「わたくしも初めて聞きました」

　ルティナもグリニアのことしか言わない。

「まあ、優秀な冒険者ならば行けないことはないだろう。優秀な冒険者ならば、な」

　あくまでしつこいね。

「優秀かどうかは関係なく、土地勘があるかどうかだけの問題であるような気がするが。さすがになんの手掛かりもなしでは厳しい」

「ふむ。まあしょうがないね。ハルツ公爵領内にタールという村がある。先々代のハルツ公爵、ブロッケン坊やのじいさまだが、あれはなかなか優秀でね。グリニアとの中継地が魔物の手に落ちたとき、そこの住人を迎え入れた。確かタールに住まわせたんだと思う。今でも何か知っている人がいるかもしれない」

「ほう。ターレか」

ターレというのは聞いたことがある。というか行ったことがある。

ハルツ公領内で迷宮のあった場所だ。

なんか偉そうな村長のいるところだった。

あそこなのか。

移住してきたくせに偉ぶっているのか、あるいは移住したからこそ偉ぶっているのか。

魔物に追い出されたうっぷんを人間を下に見ることで癒やしているのかもしれない。

癒やされるほうはたまったものではない。

「ハルツ公爵も先々代は本当に優秀だったんだがねえ。代々質が下がってきている。この分では先はあやうい」

実感込めて言うな。

「まったくです」

ルティナも変なところだけ賛同しない。

「カシアの婚儀に反対しなかったのは失敗だったかねえ」

「次代は少しは期待できるのでは」

なんで俺がハルツ公爵の肩を持たなければいけないのか。

しかし、少々腰が軽くて軽佻浮薄《けいちょうふはく》でゴスラーに苦労を強いる、俺にとっても迷惑な存在であるというくらいだぞ。

　十分だめだな。

「まあそういう考え方もできるかねえ」

　平均回帰の法則だ。

　物事なんて大体平均くらいに治まることが多いのだから、統計的には試行回数が増えれば平均に近づく。一回目の試技で極端な成績を出した者を集めて二回目の試技を行うと、二回目の成績は一回目よりも平均に近い。

　優秀な親の子どもはより普通に近く、無能な親の子どももより普通に近い。

　先々代が本当に優秀だったのなら、その子や孫は統計的にはより普通に近く、つまりは平々凡々だろうし、その孫が本当に無能なら、孫の子どもはやっぱり普通に近づくことが多いだろう。

「一族の血が濃くなるのだから。あれ？　でもハルツ公爵にはそもそも一族の血が入っているのでは」

　言ってやったぞ。

「ふん。一族を馬鹿にするでないわえ。ブロッケン坊やと優秀なカシアとでは血の濃さが違う。ブロッケン坊やなどは傍流のそのまた傍流」

「まあルティナは優秀なので助かっている」

適当に引いておこう。

「それならば迷宮の討伐でも本当に成し遂げることだ」

流れ弾が飛んできてしまった。

「ミチオ様ならば必ずや成し遂げることと存じます」

「ふん。そうかえ」

おおっ。ルティナが擁護してくれる。

そしておばば様は不満げだ。

おばば様が共通の敵になってくれれば俺とルティナの距離が縮まるという寸法だ。

俺はおばば様ともっと敵対していい。

そうすればルティナと仲良くなれる。

あるいは、おばば様もそれを見越しているのか？

いや。ないな。

そんな殊勝な柄ではあるまい。

そもそも、俺とルティナはこれ以上仲良くなれないくらいに今も仲はいい。

具体的には、日に何回もあれを着けたり外したりするくらいには。本当に仲がいいぞ。

究極の仲の良い間柄といえよう。

「まあその前に厄介な依頼を片づけねばなりません」

「優秀な冒険者なら年単位で時間がかかるような依頼でもあるまい」

「ミチオ様の迷宮討伐も年単位の時間がかかるものではないかもしれませんよ」

「預けられたルティナが面白い冗談を言うようになっただけでも優秀な冒険者といえるのかもしれん」

この二人、ほっといたらいつまでも続けそうだ。

適当に終わらせよう。

「では。まあとりあえずグリニアについての情報を探ってみるということで」

「ふん。頼むよ。こっちも暇じゃないんだ。さっさとお行き」

「まったくですわね」

その割に、ルティナとネチネチ言い合っていたが。

まあこれ以上は何も言わず、おとなしく退散した。

「お帰りなさいませ、ご主人様」

家に帰ると、ロクサーヌが迎えてくれる。

ホッとするね。

ロクサーヌこそが癒やしだ。

「ロクサーヌもみんなも聞いてくれ。グリニアというところに行けるかどうか、試してみることになった」

「グリニアですか？　聞いたことないですね」

ロクサーヌは知らないらしい。

「へえ。グリニアですか」

知っているのか、セリー。

「セリーは何か知っているのか？」

「詳しくは知りませんが、グリニアというのは、かつて帝国の一部だったところですね。途中の中継ポイント近くにできた迷宮を退治しきれずに人が住めなくなってしまい、連絡が取れなくなったと聞いています。よくある話ですね」

よくある話なんだ。

「なるほど」

「いくつか中継ポイントがあって、その一つがタツカワだったかタチカワだったか。私の祖父が、子どものころに世話を焼いてくれたおじいさんがそこの出身だったと言っていました。それで覚えています」

立川なのか。

八王子や青梅に行く中継地だったのかもしれない。

「へえ。まあそういうわけでな。これからしばらくはグリニアへ行くという依頼をメインにやっていくことになるだろう。迷宮のほうは、入らないではないが少なからずおろそかになる。上の階層へ進んでいくことはいったん休止としたい」

こっちがメインだ。

これがしたい。

そうそうホイホイ上の階層に連れて行かれてたまるか。

「むむっ」

「いや。大丈夫だ。迷宮にはちゃんと入る」

「それならば上の階層に進んでもよいのでは」

「しかし確実に迷宮にいる時間は減る。階層に慣れる時間も必要だ」

ロクサーヌの説得が大変だが。

「そうですね。依頼に集中することも大切かもしれません」

おおっ。

セリーが味方してくれた。

そうだよな。合理的に考えればやはりこうなる。

「あまりあれもこれもと欲張りすぎるのはよくない。依頼を受けた以上は、そちらに集中すべきだろう。さすがに今のようなペースでは上がらないほうがいい。慎重に行きたい」

慎重に生きたい。

「うーむ。なるほど」

「順次に一つずつ片づけていけばいいだろう」

「分かりました。それがいいかもしれません」

よし。

ロクサーヌの了解を取りつけた。

セリーが味方についてくれたのがキーポイントとなったな。

いや。俺の意見のほうが合理的だからこっちについたに違いない。

セリーに感謝だ。

そうなんだよ。

地図もないのにバカスカと階層を上がっていくほうがおかしい。

まあ、あまり待たせるとストレスがたまって、終わったときに反動でバカスカ上がっていきかねないのが怖いところだが。

適当に様子を見て、何日もかかるようだったら一階層だけ上がっておくとかしたほうがいいな。

「よし。それでは出かけるか。大丈夫か？」

「はい。食事の後片づけも掃除も済ませたので問題ありません」

「何があるかも分からないから、一応装備品は着けて行こう。ルティナも」

アイテムボックスに入れていた装備品を配る。

そして、ルティナには一部俺が装着する。

「んっ……」

この声を聞くだけで出かけるのを中止したくなるが、我慢だ。

夜まで我慢だ。

ちょっと今日は早めに切り上げてもいいから、我慢だ。

なんなら昼に休憩を取って家に帰ってきてもいい。

それまでの辛抱だ。

「グリニアに行くのに何かあてがあるのですか？　連絡が取れなくなったのはもうだいぶ昔のことのようですから、冒険者ギルドでは難しいかと思います」

セリーが正論で尋ねてきた。

うむ。こんなこともあろうかと。

「ターレというところに、中継地から移動してきた人がいるらしい」

「ハルツ公爵領のですか？」

「そうだ」

「迷宮があるところですね」

やっぱりセリーはちゃんと把握しているのか。

「とりあえずはそこへ行って、何か分かるかどうかだな」

分からなければ、どうするか。

次の選択肢はないぞ。

冒険者ギルドではダメだろうって言われちゃったし。

まあ、おばば様からも必ずしも成功は期待されていない。ダメもとで十分だろう。ダメならダメで問題はないはずだ。

「分からなければ、ターレの人にどうすればいいか聞いてみる手もありますね」

「おお、なるほど」

「あと、帝国解放会のロッジで調べる手もありそうです。破棄された土地の迷宮ならば、それを倒せば爵位とその土地をもらえるでしょう。帝国解放会で狙っている人がいてもおかしくありません。中継地にある迷宮や付近の迷宮へなら行き方が分かる可能性がありそうです」

いろいろ手づるはあるのね。

というか、もう全部セリー一人でいいんじゃないかな。

まあワープをするのに俺が必要だけど。

「あ、それから、ターレの人はどうもエルフ以外を見下している感じがあるから、対応は基本的にルティナにまかせる。向こうに着いたらルティナが中心になって聞き込みを行ってくれ」

「分かりました」

これでいいだろう。

ルティナも必要だった。

「あ。ターレというのは、十三階層にラブシュラブが出てくる迷宮のあるところですか」

「そうだったかな」

「確かに、あそこの人はそんな感じでした」

ロクサーヌは土地の記憶もそういうふうになっていると。

俺なんか、名前はなんとなく覚えがあっても迷宮の魔物までは記憶にないぞ。

ロクサーヌなら土地のことは忘れても迷宮のことは覚えていそうだ。

「それでは行こう」

準備を整え、ターレに飛ぶ。

そこからはルティナにまかせた。

「××××××××」

「××××××××××」

ルティナがターレの村人から話を聞いていく。

前に来たとき、俺やロクサーヌに対しては随分尊大な感じの態度だったが、エルフのルティナに対しては相当にかしこまってるな。

元貴族令嬢だしな。

本気になればそのくらいの威厳は出せるのかもしれない。

あるいは内心からにじみ出るものがあるのか。

まあ、エルフだからというのが大きい、としておこう。

まるで俺には威厳がないみたいじゃないか。

ないけどさ。

「××××××××」

「××××××××」

「どうやら中継地近くの迷宮へ移動できる者がいるようです」

おっと。当たりか。

随分と簡単に見つかるものだ。

案ずるより産むがやすし。

おばば様も、自分で調べれば簡単に分かったかもしれないのに。人の手を頼ろうとするからこうなる。

簡単に調べがつくだろうと分かっていて、あえてこちらに手柄を立てさせるために依頼した可能性もなくはないが。

だとしても感謝はしない。

こちらが頼んだわけでもなし。

「×××××××××」

随分と村のはずれのほうまで連れて行かれた。

こっちが六人いなかったら詐欺かなんかを疑うところだ。

人けのないところに連れて行って大勢の仲間で取り囲むとか。

だとしても村人レベル一桁では相手にならんだろうが。

ルティナの色香に迷った可能性はある。

許さん。

「×××××××××」

案内人が連れてきた家の中に、冒険者がいた。

「ほう。あんたらがタリカウ近くの迷宮に行きたいと?」

ブラヒム語で話しかけてくる。

中継地の名前はタリカウというのか。タチカワとは微妙に違う。微妙に近い。微妙だ。

「タリカウ近くの迷宮というか、最終的にはグリニアへの道を探しています」

「グリニアか。グリニアへはさすがに私も行ったことがない。もう行ける冒険者も残っていないだろう」

「行けなくても、何か分かるとうれしいのですが」

年老いた冒険者とルティナが話した。

話の途中で、冒険者が体の前で手をクロスさせ、左手の手のひらを右二の腕の裏側に当てる。

おっと。

帝国解放会のサインだ。

こんなところで出てくるとは。

俺も同じことをして会員であることを示した。

「分かった。私をパーティーに入れてくれ。いくつか連れて行ってあげよう」

「××××××××」

「××××××××××」

冒険者が案内を申し出て、家まで案内してくれた人が驚いている。

「どうやら、普段はタリカウ近くの迷宮にはほとんど行かない人のようです。素直に案内してくれることはまれのようですね。運がよかったです」

ルティナが小声で教えてくれるが、そういうことではないと思うぞ。

帝国解放会の会員になら教えるとか、そんなところだろう。

今日ばかりはハルツ公爵に感謝だ。

ルティナにとっては親の仇《かたき》の。

「あー。じゃあすまんが、ベスタは家で待っていてもらえるか？」

俺のパーティーメンバーは、今六人で満杯になっている。

パーティーは六人までなので、この冒険者を入れるには誰かが抜けなければいけない。

セリーは必要だし、魔物と戦うことを考えると一発で無力化させることのできるミリアもつれていきたい。

ロクサーヌは、戦闘になったときには心強いし、何かあったときに遅滞作戦を命じることもできるだろう。

大柄のベスタも護衛という意味では同じく心強いが、ここまでルティナが先導して道を聞いてきたのだから、ルティナが残るのも変だろう。

「大丈夫だと思います」

「今度やろうと思っていた、ローズマリーの手入れ、してもらっていいですか」

「分かりました」

ベスタが了承して、ロクサーヌから指令も受けた。

なんかベスタの態度を見ていると、俺に対する受け答えよりもロクサーヌに対する受け答えのほうが丁寧ではないか？

まあしょうがないか。

ロクサーヌだし。

「では、ちょっとだけ行ってくる。どこかフィールドウォークが使える場所は？」

「そこの絨毯《じゅうたん》を使ってくれ」

壁に絨毯がかけてあった。

本当にこういう使い方をするんだな。

あとで変えておけば侵入される心配もない。違う絨毯にするか、位置をずらしたくらいで多分フィールドウォークは駄目になるだろう。

冒険者の目の前なので、俺もフィールドウォークで家に帰る。

変に思われたら嫌だし。

冒険者が騒ぎ立てたら耄碌《もうろく》したでごまかせるだろうか。

年老いた冒険者なのですでに家族から発言を信用されていない可能性はある。

それでも無理をすることはない。

「それじゃあ頼むな」

「はい。行ってらっしゃいませ」

家に着き、ベスタをパーティーメンバーから外すと、すぐに戻った。

一分どころか、何十秒ともかかっていない。

家に帰って戻ってくるだけの簡単なお仕事だ。

帰りは、誰も見ていないというか見ているのはベスタだけなので、ワープを使う。

お。

クーラタルとターレだと結構な距離があるが、やはりフィールドウォークよりワープのほうがMP消費が少ない感じがするな。

正確なところは分からんが。

「待たせたな」

「いや。大丈夫だ」

戻って、冒険者をパーティーに入れた。

「××××××××」

「××××××××」

「××××××××」

「××××××××」

冒険者と、案内してくれた人がなにやら会話している。

「大丈夫かと心配されてますね。この間も、どこかへ出かけたまま迷子になったとか」

徘徊《はいかい》が始まっているのかよ。

ルティナが会話の内容を教えてくれた。

話の内容を聞いてから案内してくれた人の顔を見ると、ものすごく心配しているように見える。

「大丈夫なのか？」

「問題ない。昔取った杵柄だ」

「そうか」

本当に耄碌してんじゃないだろうな。

発言をまともに受け取ってもらえるかより、迷宮のことを覚えているかどうかの心配をしなければならないようだ。

大丈夫なんだろうか。

まあ大丈夫じゃないと言われてもどうしようもないが。

「では行くぞ。魔物がいるかもしれない。先に出てくれ」

冒険者がフィールドウォークを使う。

まあ行くしかないだろう。

耄碌していたとしても、どこかには着くはずだ。

さすがに地獄とかに直通はない。

魔物はいるかもしれないが。

中継地は、人が住めなくなって放棄された。

つまり、それだけ魔物がうろついていることは間違いない。

「では私が」

ロクサーヌが率先してフィールドウォークで出た壁の先へと進む。

まあロクサーヌだからな。

向こうに魔物がいても、待ちかまえているくらいでなければ問題ないだろう。

待ちかまえていても攻撃が当たらないまでありうる。

心持ち待ったがあわてて戻ってくる様子もないので、俺もあとに続いた。

デュランダルを手に移動する。

おっと。

先に出たロクサーヌはピッグホッグ二匹と戦っていた。楽しそうに踊っている。

踊っているわけではなくて魔物の攻撃をさけているのだが。

でも現実には楽し気に踊っているだけだよな。

魔物に囲まれたなら戻って来いよ。

全然危機感は持っていないだろうから、しょうがないか。今だって後ろからのピッグホッグの体当たりを難なくかわしているし。

後ろに目があるのか？

かわされた魔物をデュランダルで倒した。

ついでにもう一匹。

今夜の夕食の豚肉、ゲットだぜ。

「もういないか？」

「これだけのようですね」

飛び込んだ先に二匹しか魔物がいなくてご不満のようです。

俺のもういないかは、もっと欲しいのではなくあくまで警戒だからな。

追加はいらない。

フリじゃないからな。

いいかおまえら、押すなよ。絶対に押すなよ。

「変わっていないな。そこにあるのがタリカウ南の迷宮だ」

最後にゆったりとやってきた冒険者がのほほんとのたまう。

こっちは魔物を排除するのにひと働きしたというのに。

ロクサーヌがいたから余裕だったけど。

ロクサーヌはそれに満足していないまであるけど。

「南の迷宮か」

南というくらいだから、近くに何箇所か迷宮があるのだろう。

さすがに迷宮一つで中継地を放棄したりはしないか。

「私が行ける最上位の階層まで行っておくだろう？」

「そうだな」

提案にうなずくと、冒険者はさっさと迷宮の中に入っていった。

そういうサービスもありか。

捨て置かれた迷宮の入り口に探索者がいるはずもなく。

フィールドウォークと違って先に行けというわけにもいかないしな。

そういえば、連れて行ってもらう代金の話をしていない。

いくら請求されるのだろうか。

迷宮入り口まで連れてきてもらった分に加えて、最上階への案内分も加わる。

連れてこれる冒険者も多くはないだろうから、相場以上で吹っかけられるとすれば、金貨くらいは請求されておかしくない。

大丈夫だろうか。

まあ、いざとなったら、こっちはワープで逃げる手もある。

あらかじめ値段の交渉はしていないのだから、それもありだ。

大丈夫だよな?

追いかけると、迷宮の中に出た。

そして、すぐにUターンする。

「次がタリカウの迷宮だ。あんまり行きたくないが。先に行ってくれ」

「はい」

行きたくないって、危なくないのか、と思う間もなく、ロクサーヌが突入した。

躊躇《ちゅうちょ》ないね。

追いかけると、マーブリーム三匹に囲まれるロクサーヌの姿が。

あわてて駆け寄り、一匹始末する。

「マーブリーム、です」

次の一匹にとりかかると、別口のほうはミリアが片づけた。

連れてきたよかった暗殺者。

硬直のエストックが火を噴くぜ。

もう一匹のほうも、デュランダルで倒す。

地上に出てきている魔物なんかはデュランダルで一撃なのだが、囲まれているとさすがにあわてるわ。

「大丈夫だったか？」

「はい。もう少し魔物の数が増えてくれませんと」

「そ、そうか」

まだまだ不満らしい。

「せっかく迷宮の外にいる魔物なのに」

ぶつくさ言っているのを耳に入れないようにして、ミリアが無力化したマーブリームをデュランダルで煙に返した。

「白身、です」

残ったアイテムにはもちろんミリアが飛びつく。

キラキラした目で俺のところに持ってきた。

今日の夕食のメイン食材はすでにゲットしてあるのだが。

「う、うむ。今日マヨネーズを作って、明日の夕食フライにするのはどうだ？」

「作る、です」

ミリアが喜んでいる。

さてはここにいないベスタにマヨネーズ作りを押しつける気だな。

「はあ」

喜ぶミリアと裏腹に、遅れてやってきた冒険者はため息をついていた。

マヨネーズ作りを押しつけられたわけではない。

周囲を見れば、廃虚が広がっていた。

つまりここが破棄された中継地、捨てられた街なのだろう。冒険者にとっては親しみのある街。ひょっとしたら生まれ故郷なのかもしれない。

そこが廃虚になっているのを見るのはつらいものがありそうだ。

だからあんまり行きたくないと言っていたのか。

「ここがタリカウですか？」

空気を換えるためか、セリーが冒険者に尋ねる。

えらい。

「そうだ」

「結構な大きさの街のようです。往時の繁栄がしのばれますね」

「そうだったな」

セリーが空気を読んで慰めているのだからもっとノってこいよ。

ぱーりないで気分はアゲアゲっしょ。

故郷に来るチャンスを与えたのだから移動費がタダになってもいいくらいだ。

しかし、もはや街の中といってもいい場所に迷宮があるんだな。

こんなところに迷宮ができたらさすがにすぐ討伐されそうだが。

それができなかったから放棄したのだとはいえ。

まあそんな場所には来たくないか。

かえって吹っ掛けられそうだ。

「しかし、すごい場所に迷宮ができたものですね」

言いやがった、こいつ。

ルティナが空気を読まずに冒険者の心を抉《えぐ》るストレートを放った。

火の玉ストレートといっていい。

「こんな場所に迷宮ができたのでは街を放棄するのもやむなしですか」

セリーがせめてものフォローをする。

「いや。この迷宮が現れたのは最後のほうだ。住民の避難ももうかなり進んでいた。私も両親に連れられて避難したあとだったらしい」

なんだそうだったのか。

それなら悪い記憶とは結びついていないだろう。

やはり故郷に来るチャンスを与えたのだ。

「ほうほう」

「さっき行ったタリカウ南の迷宮やこれから行く予定の鷹《たか》の森迷宮のほうが先にあって、そのほかにも今は討伐に成功した迷宮がいくつかあり、相当に厳しい状況だったようだ。タリカウが見捨てられるとどめにはなったろう」

「……ほう」

「それに、街の中にできたためか多くの者が無理に特攻したらしい。相当な被害を出したようだ。タリカウに戻ってきたうちの父親を含めて」

「ほ……う、ほう」

完全にダメなやつじゃないですか。

「それでも、その後も含めて多くの人が応援に来てくれた。タリカウが放棄されてからもずっと。その中で最後まで諦めずに残ってくれたのが、例のサインを教えてくれた人だ。タリカウの迷宮は五十五階層まで突破していた。最後に、自分はここまでで力及ばす撤退するが、もしも今後これを解する者が来たら、便宜を図ってやってほしいと」

なるほど。

その彼が帝国解放会のメンバーだったわけね。

でも、その彼も放棄された土地の解放を目指していた、というのが微妙だよな。世話になったのだろうし故郷の解放を目指す人なら誰でもいいかもしれないが。

まだ放棄されていない土地の迷宮を討伐しても爵位はもらえない。

放棄された土地の迷宮を討伐すれば、その土地の領主になれる。

帝国解放会会員であればスムーズに認められるらしいし、放棄されたタリカウの迷宮に帝国解放会の会員が来ていたのはそれが理由なんだろう。

土地が放棄されたから解放を目指してやってきたわけで、中継地がまだ迷宮にあらがっていたころには見向きもしなかったはずだ。

まあそういうもんだよね。

そんなことをわざわざ教えてやる必要はない。

「そうだったのか」

「タリカウ近辺の中では一番新しくできた迷宮なので、討伐するならこの迷宮を狙うのもよいかと」

その当時で五十五階層以上確定じゃん。

無理なんじゃね。

別に討伐しに来たわけじゃないし。

タリカウじゃなくて目的地はあくまでグリニアだって話通ってるよね？

希望にすがって話が入れ替わってないか。

やはり耄碌したか。

まあ五十五階層には連れてってもらうけどね。

便宜は、図ってもらいたい。

「まあとりあえず行かせてもらっておこう」

「了解だ」

「次が、鷹の森迷宮とかか？」

「そうだ」

鷹の森迷宮にも一応連れて行ってもらったが、五十五階層以上あるタリカウよりもさらに成長しているとすれば、討伐なんてとてもとてもというところだろう。

場所は、もともと人けのなさそうな森の中だ。

魔物が出回るより前には、名前の通りタカが住み着いていたのかもしれない。

タカは今でもいるのかもしれないけど。

いずれにせよ人前にはわざわざ出てこないだろう。

「わたくしどもはグリニアにまいりたいのですけど」

ここで、ルティナから物言いがついた。

やっぱり最初からグリニアに行きたいという話だったよな。

タリカウはあくまで中継地だ。

この冒険者は耄碌している。

「グリニアに行くには、この鷹の森迷宮から西だ。西のほうに進んでいって海岸線に出ると、島が見えるという話だ。そして島伝いに進んでいくと、次の中継地に至る。もうグリニアやその中継地に行ったことのある冒険者は生きてはいないだろう。私も行ったことはない。中継地そのものは、タリカウが放棄されて以降も存在していたはずだ。今もあるかどうかは分からないが、行ってみるしかないな」

なんか漠然としたというか、恐ろしい説明だな。

九州から琉球諸島を経て台湾や中国大陸に渡れ、みたいなことだろうか。

北海道から千島列島を経てカムチャツカ半島とか、カムチャツカからアリューシャン列島を経て北米大陸とか。マレー半島から島々を経てオーストラリア大陸みたいな話かもしれない。

壮大な話だ。

大丈夫なんだろうな。

「ううむ。そんな感じなのか」

「行ってみるしかないのでしょうね」

ルティナが諦観を伴った表情で告げた。

「う、うむ……」

「そのとおりですね」

とどめとばかりに冷徹な意見をくれるセリーよ、ありがとう。

分かっちゃいるけどさ。

「……まあいいか」

「私が案内することができるのはここまでだ。頼まれたことだし、久しぶりにタリカウにも来れたので、礼はいらない。いい冥土の土産ができた」

やはり故郷に来る権利を与えたことはよかったようだ。

冥土に行くときにはぜひおばば様も一緒に連れて行ってやってほしい。

土産よりも旅は道連れだぞ。

「そうか。ありがとう。まあさっき出た豚バラ肉と白身だが、渡すのでせめて土産として持って帰ってくれ」

礼はいらないと言われたら、かえってなんか渡さないとまずいような気がするニッポン人気質。

粗末なものですが。

本当に粗末なさっき出たドロップアイテムだ。

アイテムボックスを開け、せめてもの土産として冒険者に渡した。

さっきドロップした分を全部渡したわけではないし、俺のアイテムボックスにはいつでも使えるようにたっぷり入っているので、問題はない。

白身を渡してもミリアの表情が絶望に染まったり羨望《せんぼう》に狂ったりはしていない。

むしろ、そのおいしい食材を十分に堪能してほしいと、どやっている感じだ。

「ありがたく。悪いな。いらないと言ったのに謝礼をもらってしまったので、こちらからも一つ渡そう。タリカウから南に行ったところに、ほとんど知られていない島がある。元タリカウの領内ではあったが、今となってはまず誰も知ることのない島だ。そこの迷宮はタリカウの迷宮よりもあとにできた。この辺りでは狙い目の迷宮だろう。探索は四十六階層までしか進んでいないが、私の知る限りその後討伐にチャレンジした人もいないはずだ。私がもう少し若かったら狙っていたし、息子や孫が優秀な冒険者になっていたら教えるつもりだったのだがな」

「ああ」

冒険者は、鷹の森迷宮からもう一つ別の場所へと飛んだ。

海岸近くの森にある迷宮だ。

海が見えるくらいには近いから、確かに島なのだろう。

その迷宮の四十六階層にも連れて行ってもらう。

「これで、私が連れて行くことができる迷宮はすべてだ。まあ昔一度か二度入った迷宮で討伐されずに残っているところがあるかもしれないが、今はもう冒険者も引退したから。では私はこれで。老い先短い命だが、どこかが解放されるのを楽しみにしている」

迷宮から出ると、冒険者は勝手なことを言い残し、帰っていった。

やっぱりタリカウの迷宮を解放しに来たと勘違いしてるじゃねえか。

ルティナはちゃんと伝えたんだろうか。

それとも、そういうふうに考えるのが普通なのか。

あるいは故郷の解放を待ち望む老人の妄執《もうしゅう》か。

まあ、なかなかグリニアやタリカウに連れて行こうとしてくれる冒険者が見つからなかったので、ルティナが適当に理由付けしたか、それっぽいことを言って相手をけむに巻いたのかもしれない。

だとしたらたいしたもんだ。

「ルティナのおかげで無事タリカウに来ることができた」

「いえ。たいしたことはしておりません。この程度は当然のことです。これくらいできなければ、諸侯会議に赴くことさえできません」

ありゃ。

やっぱりルティナが適当な口実を使ったっぽいな。

結果オーライだし、いいだろう。

「う、うむ。ではいったん帰ろう」

ルティナが恐ろしい娘に育っているようで怖いが、それから目をそらして家に帰る。

考えてみれば貴族令嬢だしな。

こういうものなのかもしれない。

貴族社会なんて少しでも気を抜けば有象無象にたかられ骨の髄までしゃぶられそうだ。

魑魅魍魎《ちみもうりょう》が蠢《うごめ》く伏魔殿《ふくまでん》。

生き馬の目を抜く厳しい人々。

迷宮討伐をサボっていた前セルマー伯だって、こっち方面では抜かりなくハルツ公爵とやりあっていたしな。

そういうものだろう。

ルティナ、恐ろしい子。

「ベスタは外にいるようですね。呼んできます」

家に帰ると、ロクサーヌがそう言って出て行った。

パーティーメンバーから外しているからな。

どこにいるか分かりにくい。

「では、少し休息とするか。ルティナ、装備を外すか？」

「い、いえ」

遠慮しなくていいのに。

いつまでも着けていたいということですね、分かります。

「お待たせしてすみません」

テーブルで休んでいると、ロクサーヌが帰ってきた。

後ろにベスタもいる。

パーティーに入れるが、汗びっしょりだ。

結構暑い中、外で作業していたようだしな。

比較的涼しい森の中、迷宮の中を移動魔法で移動していた俺たちとは違う。

「大丈夫だ。ロクサーヌとベスタも休め」

「それなら、ローズマリーの手入れもあと少しなので、終わらせてしまってきてもいいでしょうか」

「分かった」

「それでは、私たちも」

セリーがそう言うと、続いてミリア、ルティナも外に出ていく。

だから装備を外しておけばよかったのに。

チャンスがあれば外す。

これが基本だ。

しょうがないので、俺は軽く風呂を入れた。

入れるといっても、風呂桶に目いっぱいためたわけではない。

汗を流せる程度に、温めのお湯を半分くらいまでだ。

これで十分だろう。

「終わったか?」

「はい」

「汗をかいたろう。風呂も入れたから、みんなで軽く汗を流そう。水も飲め」

風呂とは別に作っておいた氷水を渡してやる。

暑い外で作業したあとの氷水は格別なはずだ。

「ありがとうございます。……ああっ。たまりません。おいしいです」

こちらこそおいしいセリフをありがとう。

たまらん。

「よし。全員で風呂場に行くか。ルティナも」

「はい」

「それでは」

全員で風呂場に向かい、隣の部屋で仲良く全員で服を脱いだ。

ルティナの装備品も外す。

遠慮など認めない。

必要があるから外す。

チャンスがあるから外す。

これが基本だ。

「んっ……」

おいしいセリフをありがとう。

たまらん。

風呂場で、軽く暴発しながら汗も流した。

「では、ここからはグリニアを目指して進むことになる。たどり着けるかどうかは分からないが、行けるところまでは行くつもりだ」

「はい」

「そうですね」

「いく、です」

「大丈夫だと思います」

「……はい」

風呂から上がって装備品を着け直したら、グリニアを目指す。

の前に、何はともあれMPを確保する必要があるな。

ワープで帰ってきて風呂も入れたし。

道中は、地上に湧いている邪魔な魔物をデュランダルで処理していくので、問題はないだろうが。

「とりあえずまずはクーラタルの迷宮からだ。ロクサーヌは着いたら魔物を探してくれ」

「分かりました」

クーラタルの迷宮でMPを確保して、鷹の森迷宮に飛んだ。

「うーん。しかしこれ、どうすんだ?」

「少しずつ進んでいくしかないですね」

「どこか見通しの良い場所が見つかるかもしれません」

鷹の森迷宮は、その名のとおり森の中にある。

つまり、木々に阻まれて見通しがまったくよくない。

下手をすれば何メートル先しか見えない。

これではワープで飛ぶ意味もない。

かといって、森の中を徒歩で切り開くのも。

本当に少しずつ進む。

ワープと、行けるところは徒歩も混ぜながら。

「ご主人様、あそこから隣の山が見えそうです」

「え……」

「確かにそうですね」

「あ。見えました見えました」

「いったん向こうの山に飛んだあと、また回り込めば、かなり先まで進めそうですね」

ロクサーヌもセリーも何を言っているのか。

ワープだよ。

移動魔法だよ。

確かに、目で見える場所には移動できるけど。

それならば目で見える夜空の星にも移動するのかっちゅう話や。

限度があるだろう、限度が。

一応、木があることは判別できるけどさ。

木にワープできるといっても、地面近くの根元に移動しないと。

落ちたら死ぬで。

「う、うーん。ちょっと高いんじゃないかな」

「大丈夫でしょう。最初にちょっと顔だけ出して下を確認すればいいのです」

「なるほど」

「はい」

それならばやってみる価値はあるかな。

なるべく遠くの、判別できるぎりぎりの木の幹を目指してワープと念じてみる。

横の木の幹に黒い壁ができると、ロクサーヌがすぐに首を突っ込んだ。

そして、そのまま壁の向こうに消え、帰ってこない。

躊躇ないね。

いや。向こうには魔物がいるかもしれない。

俺も躊躇している場合じゃなかった。

すぐに追いかける。

「あがっ」

そこまで高くはなかったけどさ。

段差が。

落差が。

地面すれすれに出したわけではないので、何十センチか差があった。

ちくせう。

ロクサーヌが行ったから大丈夫だろうという判断は間違っていた。

そりゃそうだよな。

やっぱりロクサーヌはロクサーヌだ。

「思ったとおり、こちらからまた向こうに回り込めますね。結構先まで進めます」

セリーはセリーでいつの間にか出てきてもう次の移動先を探しているし。

先まで進めるということは遠いということなわけで、見えにくくワープで飛んだらどうなるかよく分からんということでもあるのだぞ。

まあしょうがないから行くけどさ。

「ちょっと高いところに出たので飛び降りる必要がありますね」

ワープの黒い壁の向こうを探っていたロクサーヌが一瞬だけ首を引っ込め、すぐにそのまま向こうへと消えた。

さっきの段差は高くないという判断だろうか。

そこまで高くはなかったけどさ。

俺も首だけ出して向こうを見る。
なるほど。
これは確かに、一メートルくらいの高さはある。
警告なしで飛び込んだら危ないかもしれない。
ロクサーヌなりにきっちり判断はしているということか。
安心してロクサーヌに続いた。
このようにしながら、海岸沿いまで移動する。
「あれかあ」
海岸沿いまで移動すると、確かに沖合に島があった。
続いているようだ。
列島になっているのだろう。
これを島伝いでグリニアまで行けということか。
「そうですね。島伝いに移動するのがよさそうです」
セリーが冷徹に俺の嘆息を切って捨てるが。
よさそうも何も、島伝いに移動せずにどうやって移動するというのか。
結構大変だぞ。
まあしょうがないか。

島伝いに移動した。

ある程度の大きさの島の場合には、島の中を何回か飛びながら。

「くっ。あそこへ行くのか？」

「そうでしょう」

島伝いにワープするのは、向こう側の山へ移動するのより大変だった。

見晴らしがいいだけに。

波打ち際が見えていないような島にも渡るのか？

渡るしかないわけだが。

渡れるのだろうか。

渡るしかないわけだが。

「もうどうにでもなれ」

破れかぶれでワープを出す。

ロクサーヌが何も言わず飛び込んでいったから、大丈夫なんだろう。

俺も続いた。

今回は大丈夫だ。

しかしこんなことを続けていたら、いつか事故るぞ。

「この島は先が見えませんね。反対側まで、移動する必要があるようです」

島に渡っても、それで終わりではなく、次の島を探さなくてはならない。

反対側が見通せるような小さい島ならばいいが、大きい島だと移動が一苦労だ。

目の前には多分今来た島があるが、そっちに戻ってもしょうがないわけだし。

これは時間がかかるな。

その日のうちには終わらず、次の日にも終わらず、数日、島を渡る生活を行った。

なんとか事故らずにワープもできている。

水平線の向こうにあるような島があったら詰んでいたな。

そして、数日後、やや大きめの島にたどり着いた。

「ここは結構広いな。ひょっとしてグリニアにようやく到着したか？」

言ってからしまったと思ったのは、フラグを立ててしまったからだ。

いや。大丈夫。

そんなことはない。

「うーん。どうでしょうか」

セリーの冷徹な意見が今は恐ろしい。

「まあ行ってみるしかないな」

ワープで奥へと分け入ってみる。

「あ。ちょっと待ってください。人が通ったような道がありますね」

何度かワープで移動すると、途中でロクサーヌが気づいた。

人が通ったというか、獣道《けものみち》みたいな筋ができている。

本当にイノシシとかが通るんじゃないだろうな。

「結構な高さまで枝が邪魔してませんから、人が通った跡かもしれませんね」

なるほど。

イノシシが通った跡ならせいぜい腰のあたりまでか。

セリーの冷徹な意見が頼もしい。

人型サイズの熊とか。

魔物が通っている場合は、迷宮から人里まで続いているということも考えられるな。

「あっちのほうへ続いていますね。行ってみましょう」

「分かった」

ロクサーヌに促され、ワープする。

「ご主人様、ありました」

何度かワープすると、本当に人里に続いていた。

森の切れ目の向こうに、何軒かの人家が見える。

おお。

ようやくグリニアか。

人もいる。

というかエルフだな。

「ここはルティナにまかせる」

「分かりました」

「頼む」

ルティナを先頭に、人里へと降りて行った。

「ちょっとよろしいでしょうか」

「××××××××」

「××××××××」

「××××××××」

ルティナが話し込む。

ブラヒム語は通じなかったようだ。

ただ、話し込んでいるということは現地の言葉は分かるのだろう。

「××××××××」

「××××××××」

「なるほど。ここはグリニアではないようです」

ずいぶん長いこと話したあと、ルティナが結論だけを教えてくれた。

「違うのか」

「はい。グリニアはここからさらに二つ以上の中継地をはさんで向こうになるようです。その途中の中継地も、近くに迷宮ができたために放棄されてしまったそうです。わたくしたちの側との連絡が途絶えてしまったため、中継地を無理に維持する必要もなくなったということでしょう。ここは近くに迷宮がなく、まだ人が住める状態なので、彼らは残ったそうです」

中継地といっても一箇所じゃないんだ。

まあ近くなら、中継地を破棄したくらいで連絡が途絶えることはないわな。

俺たちの側のタリカウが放棄されてしまったので、グリニアに近い側の中継地も維持する必要性が薄くなったと。

そこへ迷宮が出てきてしまったので、そっちも放棄されたと。

二つ三つと中継地がなくなっては、連絡も取れなくなる。

「そうなのか」

「彼らはここの出身で、ここで死ぬことを覚悟しているそうです」

「な、るほど」

まあそうなるよな。

こんな小さい人里では生態系を維持していくことは難しいだろう。

「××××××××××」

「××××××××××」

「食べ物などは襲ってくる魔物を倒せばどうとでもなるようです。近くに迷宮ができても五十階層くらいならまだ討伐できる実力はあると豪語しています」

たくましい人たちなのね。

「××××××××××」

「××××××××××」

「××××××××××」

「中継地は遠くにあるので、島伝いに進むようなことは無理のようですね。ここには次の中継地やグリニアに渡れるような冒険者もいないそうです。数年前までは年に一、二回、親類や知人が訪ねてくることがあったそうですが、最近ではそういうこともめっきりなくなってしまったと。どうやら先の先の中継地も放棄されてしまったのではないかと言っています」

中継地を経由する流れそのものがなくなってしまえば、そうなるのだろう。

「分かった」

「どうしますか？」

「いったん帰ろう」

「はい」

ここにいれば誰かがグリニア側から来てグリニアに連れて行ってもらえることになる可能性はあるが、そこまですることはない。

いつ来るかも分からないし、ここに住むわけにもいかない。

そもそも誰も来ない可能性も高そうだしな。

このルートでの検索はここまでということでいいだろう。

じゃあ違うルートがあるのかといえば、それも難しい。

グリニアへ行けるルートが何本かあったら、こんな話にはなっていないだろうし。

途中の迷宮をはさんで、クーラタルの自宅まで帰った。

「この先に進むのは難しそうだな」

「そうですね」

「グリニアへ行くのに複数のルートがあるならこんなことにはなっていないでしょうし、ほかから探してみてもあそこで途切れそうです」

セリーも同意見らしい。

「おばば様には、ここまでやりましたがグリニアとの連絡は難しいと報告するしかないだろう」

「はい。そうですね。それでいいと思います」

ルティナも賛成なのか。

おばば様のために何かしてやりたいとルティナが思うことはないか。

むしろ、依頼を達成できなくていい気味だくらいに思っているかもしれない。

「じゃあまあ、そういうことでいいな。おばば様のところへ行くのはまた今度にしよう。今日はここまでだ」

「はい」

「ルティナ、装備品を外しておくか」

「は、はい」

俺だって、グリニアなんか別にどうでもいい。

それよりもこういうことをしていたい。

着ければ外し、外せば着け、また外しまた着ける。

日々これの繰り返しだ。

いつでもどこでも、隙あらば着け外しを行うのが人生というものだろう。

人生は長い。

長くて短い。

そして着けたり外したりだ。

着けて外して着けて外して着けて外して着ける。

これが基本となる。
着けるのが吉。
外すのが吉。
そしてまた着けるのが大吉だ。

〈『異世界迷宮でハーレムを13』へつづく〉

ヒーロー文庫

異世界迷宮《いせかいめいきゅう》でハーレムを 12

蘇我捨恥《そがのしゃち》

2022年2月10日　第1刷発行

発行者　前田起也

発行所　株式会社　主婦の友インフォス
〒101-0052 東京都千代田区神田小川町 3-3
電話／03-6273-7850（編集）

発売元　株式会社　主婦の友社
〒141-0021
東京都品川区上大崎 3-1-1 目黒セントラルスクエア
電話／03-5280-7551（販売）

印刷所　大日本印刷株式会社

ISBN 978-4-07-449757-7